MIGOU AUTEURS

OLYMPUS

QUASAR

UN SOLO

Dans la collection SOLO QUASAR :

Séquana

Asgard

Dans la collection SAGA QUASAR :

Les Tombeaux de la réalité

L'Epée du roi guerrier

Le Temple des nuages

« TU ES UNE *LÉGENDE*...

TES EXPLOITS SERONT CONTÉS
PAR LES GÉNÉRATIONS FUTURES
DURANT DES SIÈCLES, À TRAVERS
TOUTES LES GALAXIES...

RIEN NE T'A PRÉPARÉ
À CE DESTIN HÉROÏQUE, NI AUX MULTIPLES
DANGERS QUE TU VAS AFFRONTER...

DANS CE LIVRE, TU TROUVERAS
LES POUVOIRS, LES CONNAISSANCES,
LES RELIQUES SACRÉES, LES SORTILÈGES
QUI T'AIDERONT DANS TA QUÊTE
POUR SAUVER L'UNIVERS...

DU FOND DES ÂGES, UN CONFLIT COSMIQUE
OPPOSE LES FORCES DE LA LUMIÈRE,
LES *ANCIENS*, À D'INFÂMES PUISSANCES
DU CHAOS, LES *OSTRES*...

LES *OSTRES* S'ÉCHAPPENT DE LEUR PRISON
SPATIO-TEMPORELLE POUR PLONGER L'HUMANITÉ
DANS L'ÂGE DE L'OUBLI...

LES *LÉGENDES* SONT LES DERNIERS CHAMPIONS
DE L'HUMANITÉ...

TOURNE LA PAGE ET COMMENCE L'AVENTURE
LA PLUS ÉPIQUE DE TOUS LES TEMPS... »

ANCIENS,

PAR-DELÀ LES FRONTIÈRES DU TEMPS,

ENTENDEZ MON MESSAGE...

Durant des millions d'années, avant l'avènement des fils de l'Homme et l'émergence des Cités-Lumières, nous étions les maîtres de l'univers. Dans ces époques que vous nommez Trias, Jurassique, Crétacé, notre empire s'étendait à la galaxie tout entière. Nul n'ignorait notre pouvoir et aucune autre nation n'était plus puissante que la notre.

La Terre n'était, dans notre empire, qu'un monde jardin, un site d'expériences scientifiques. C'est pourtant de cette insignifiante planète qu'est venue l'extinction de notre noble race...

Quand les *Ostres* sont apparus, nous étions tournés vers d'autres galaxies. Discrètement, ils ont pris possession de nos meilleurs scientifiques et se sont rapidement propagés à tous les mondes voisins. Lorsque nous nous sommes rendu compte de ce qui arrivait, il était trop tard… Une guerre immédiate nous a amenés au bord de l'abîme…

Les *Anciens* ont alors emprisonné les *Ostres* dans les étendues infinies du Non-espace. Les rescapés sont repartis dans leurs vaisseaux, vers d'autres constellations, pendant que les derniers sages retournaient dans les profondeurs des vieux mondes, plongés dans un sommeil de plusieurs millions de vos années.

Pour protéger l'Univers, nous avons laissé des gardiens sur toutes les planètes de notre ancien empire. Dans un sommeil sans rêve, ils attendaient le retour des *Ostres* pour les combattre le moment venu…

Sur la Terre, ces gardiens se sont réveillés plusieurs fois pour sauver le monde. Vous les avez appelés *Légendes.* Le moment venu, ces Légendes renaîtront afin d'accomplir leur destinée… Alors nous serons détruits à jamais ou bien nous vivrons en paix pour toujours…

ANCIENS, PAR-DELÀ LES FRONTIÈRES
DU TEMPS, ENTENDEZ MON MESSAGE…
CAR LE MOMENT EST ENFIN VENU
DE RÉVEILLER LES _LÉGENDES_…

“…Vishgaar dormait au cœur de la géante gazeuse… Rien dans l’Univers n’aurait pu interrompre son sommeil éternel… rien à part le Signal…”

Le XXIe siècle annonce une ère d’intense activité… non dans la poursuite des guerres ancestrales, mais dans l’exploration de nouveaux horizons pour l’humanité. Les hommes et les femmes de la Terre sont fatigués des guerres…

La maîtrise de la fusion de la matière permet à l’humanité de voyager rapidement entre les planètes du système solaire. Dans un effort commun, les grandes compagnies mondiales et les peuples de toutes les nations ont inventé de nouvelles sources d’énergie plus écologiques, plus humaines et surtout des vaisseaux interplanétaires…

L’ère des voyages interplanétaires

Vers le milieu du XXIe siècle, l’humanité entre dans une période de paix et de découvertes…

Dès 2057, les Terriens installent des postes avancés, puis des colonies et des exploitations minières sur Mars, sur certains satellites de Jupiter et de Saturne. Dix ans plus tard, *Terra Nova*, une cité sous dôme, est achevée sur le sol martien.

En 2072, les Terriens envoient dans l’espace *Atlantis*, la première planète creuse artificielle. Elle rejoint en deux ans les colonies implantées sur *Ganymède*, dans l’orbite de Jupiter.

En 2089, la Fédération terrienne des états planétaires rassemble toutes les nations et toutes les colonies spatiales en une seule nation, celle des Terriens.

La même année, la Fédération lance le projet *Contact*, inspiré des astronomes du XXe siècle. Des dizaines de vaisseaux-robots intelligents, les *éclaireurs*, sont envoyés dans l'espace pour contacter des formes de vie extra-terrestres.

Sur *Ganymède*, les Terriens ont rendu l'atmosphère respirable et construit *Harmonia*, la première cité à ciel ouvert… Depuis une base scientifique sur *Harmonia*, une équipe de techniciens explore la tache rouge de Jupiter. Leurs découvertes modifient toutes les théories sur l'univers.

L'incroyable découverte

La tâche rouge sur la surface de Jupiter est un microclimat artificiellement contrôlé. Les scientifiques y trouvent un tombeau digne des légendes les plus anciennes.

En décembre 2097, les archéologues exhument le corps parfaitement conservé d'un être extra-terrestre… endormi dans une profonde léthargie… La nouvelle est diffusée à travers tout le système solaire…

Sans raison apparente, la créature se réveille et une équipe de linguistes réussit à communiquer avec elle. Son nom est Vishgaar et son message est simple…

“Un grand danger menace l'humanité et j'ai été laissé dans ce tombeau afin de prévenir ceux qui me réveilleraient. Dans peu de temps, des puissances venues de nulle part vont surgir et anéantir l'humanité dans le système solaire, puis dans toute la galaxie…”

Afin d'enrayer la panique, les scientifiques tentent de mettre Vishgaar au secret, mais il disparaît dans son labyrinthe, baptisé *Tombeaux de la réalité*…

Le premier contact

Un autre événement bouleverse davantage la situation. Les robots éclaireurs de la Fédération entrent en contact avec une vie intelligente dans la périphérie du système solaire… Des messages arrivent sur tous les écrans et détecteurs des bases terriennes… Ils expriment en plusieurs langues la bienvenue à la Fédération terrienne et la félicitent pour ses efforts de paix. Une rencontre avec les *Ostres* (nom scientifique donné aux extra-terrestres) est prévue rapidement afin d'admettre la Fédération dans une confédération interstellaire.

Le 13 avril 2099, les représentants de la Fédération se réunissent pour recevoir la première délégation d'*Ostres* de la Confédération interstellaire…

Une armada de vaisseaux spatiaux déposent sur le sol terrien une centaine d'*Ostres*, pendant qu'un de leurs vaisseaux géants se place en orbite autour de Mars.

Les échanges sont riches et étonnants. Les humains arrivent à peine à mesurer l'ampleur de l'univers décrit par les *Ostres*. L'immense pas franchit par les Terriens en un siècle paraît dérisoire. La rencontre se conclue par des accords de coopération

Les Terriens sont loin de penser qu'il s'agit en fait d'une vaste supercherie.

La Nuit de la Grande Trahison

Dans la nuit du 13 avril 2099, appelée *Nuit de la Grande Trahison*, les *Ostres* s'emparent de la totalité des colonies et des principales capitales terriennes et martiennes. Les humains découvrent à leur grande stupeur que les *Ostres* sont des êtres protéiformes capables de prendre n'importe quelle apparence. Cette avant-garde — car ce n'est là que l'avant-garde — du chaos s'empare du système solaire.

Rien ne leur résiste… Invisibles, camouflés, indétectables, ils réduisent à néant les efforts des rares postes militaires encore en activité dans la Fédération…

Les milliards d'humains qui peuplent le système solaire disparaissent tous d'un seul coup… Nul ne sait ce qu'il leur advient… Tout semble perdu…

La dernière chance

Un seul territoire demeure libre dans tous le système solaire, la planète creuse *Atlantis*.

La planète artificielle a été transformée en université où tous les jeunes de la Fédération viennent étudier dès l'âge de 15 ans.

C'est là que la résistance va s'organiser et c'est là que tu te trouves au moment de l'invasion…

Tu es à présent entré dans l'univers du futur, dans le monde des *Légendes*… la page suivante, tu découvriras comment jouer ce SOLO QUASAR.

COMMENT JOUER...

Ce SOLO QUASAR est un livre intéractif.
Tu vas y vivre des aventures inoubliables et créer ta *Légende*... Ici, le héros c'est toi...
Pour jouer, tu as seulement besoin d'un crayon, d'une gomme, de deux dés à 6 faces et d'une fiche de personnage que tu trouveras à la fin du livre (p. 169-172).
Tout d'abord, tu dois construire une nouvelle *Légende*.

Tu es une *Légende*...

Une *Légende* a trois qualités principales :

Puissance - Adresse - Perception

Les qualités permettent de résoudre tes actions dans le jeu.

- La **Puissance** représente ta force physique.
- L'**Adresse** correspond à ta vitesse et à ton habileté.
- La **Perception** représente tes sens (vue, odorat, ouïe, toucher, goût).

Pour connaître ta **Puissance**, lance un dé, ajoute 1 au score obtenu et inscris le résultat sur ta fiche de personnage. Fais de même pour ton **Adresse** et ta **Perception**.
Fais l'addition des trois qualités pour connaître ta **Force de combat**. Elle représente les blessures que tu peux recevoir avant de disparaître. Au cours du solo, ta **Force de combat** varie en fonction des combats, des pièges, des récompenses, des objets magiques...
Enfin, lance un dé et ajoute 14 pour déterminer l'âge de ton personnage.

...TON AVENTURE

A chaque nouveau chapitre de l'aventure, tu commenceras par choisir une destination dans l'un des écrans de jeu que tu trouveras en pp. 145-161. Elle t'enverra à un paragraphe numéroté dans le texte.

A la fin de chaque paragraphe, tes choix sont indiqués en italique après le signe —.
Ils te renvoient à d'autres paragraphes de jeu dont le numéro est indiqué en gras.

Exemple : — *Si tu entres dans la grotte, va au* **46**. *Si tu préfères poursuivre ton chemin, va à l'écran* **G** *et choisis une nouvelle destination. Pour escalader la montagne,* ***le score est de 9 ou plus*** *[Bonus : Adresse + Escalade ou Survie]. Si tu réussis, va au* **48**.

Si tu veux escalader la montagne, tu dois lancer deux dés et faire un score supérieur ou égal à 9. Tu ajoutes ton Adresse à ton score. Si tu disposes des connaissances d'Escalade ou de Survie, tu ajoutes également la valeur de l'une d'elles. Tu ne peux bénéficier que d'une seule connaissance. Les bonus sont indiqués entre parenthèses.

Certains choix peuvent également te mener à d'autres écrans de jeu (si tu poursuis ton chemin, tu vas regarder l'écran **G**). Tous les écrans se trouvent à la fin du livre. Chaque écran représente un décor. Tu y choisiras ta destination parmi les numéros de paragraphes qui te sont proposés.

Attention : tu ne peux pas accéder directement aux numéros en rouge. Tu devras trouver le moyen d'y arriver en passant par les numéros verts.

LE COMBAT...

Au cours de tes aventures, tu devras combattre. Parfois, un brin d'astuce te suffira pour te débarrasser de tes adversaires. En d'autres occasions, il te faudra imposer des arguments plus musclés pour poursuivre ta quête.

La règle de combat est simple. Tous tes adversaires ont une fiche qui indique : leur nombre, leur **Force de combat** et leur pouvoirs ou leur équipement. Tu peux prendre l'équipement si tu emportes la victoire.

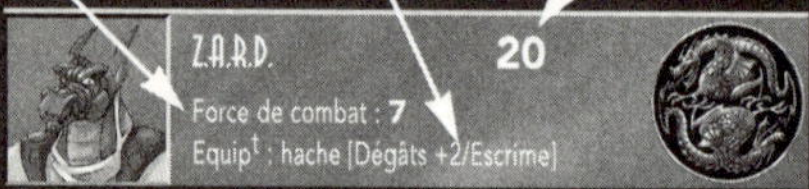

La **Force de combat** détermine le nombre de dés de dégâts que tu infliges à ton adversaire. Tu peux te battre à mains nues, avec une arme ou avec un pouvoir magique.
Comme nous l'avons dit, ta **Force de combat** est égale à la somme des trois qualités, mais elle est augmentée par tous les objets magiques, les reliques et certains pouvoirs.
Le **Tableau de combat** (p. 173, à découper) t'indique le nombre de dés de dégâts que tu infliges à ton adversaire, ainsi que le nombre de dés qu'il t'infligera à son tour.
Les armes et les pouvoirs ont chacun leurs propres bonus que tu ajoutes au score que tu fais avec tes dés de dégâts.
Tu lances d'abord tes dés et tu ajoutes le bonus de ton arme ou de ton pouvoir, ainsi que le bonus de ta connaissance de combat (escrime, lutte, tir...). Tu retranches le

résultat à la **Force de combat** de ton adversaire. Tu lances les dés pour ton adversaire et tu ajoutes le bonus de son arme ou de son pouvoir (s'il en possède). Tu retranches le résultat à ta **Force de combat**. Le combat se poursuit jusqu'à ce que l'un de vous tombe à 0 en Force de combat — il est mort. Si tu tombes à zéro, tu vas directement à l'écran de jeu indiqué sur le **Tableau de combat** (p. 173). **Attention** : La **Force de combat** peut diminuer, mais cela ne diminue en rien le nombre de dés de dégâts.

Affronter plusieurs adversaires…

Lorsque tu rencontres plusieurs adversaires, tu affrontes automatiquement autant d'adversaires que tu as de dés de dégâts. Tu ne tires qu'une seule fois tes dégâts pour tous tes adversaires. Tes dégâts sont retranchés à la Force de combat de chaque adversaire. Tu ne lances qu'une fois pour tous les adversaires en même temps, mais tu ajoutes un dé à leurs dés de dégâts.

Fuir le combat…

Au lieu de frapper ton ou tes adversaires, tu lances deux dés en ajoutant ton Adresse. Ton score doit être supérieur à la **Force de combat actuelle** de ton ou tes adversaire (s'il est blessé c'est plus facile !). Si tu échoues, le combat se poursuit. Si tu réussis, tu choisis une nouvelle destination.

Ce que tu vas gagner…

Au cours du solo, tu trouveras des trésors utiles dans les Sagas Quasar. Ils sont indiqués par des pictos à la fin de certains paragraphes. **Mais attention, tu ne les gagnes qu'une seule fois.**

Lorsque tu as résolu l'action indiquée dans le paragraphe, tu consultes le tableau correspondant au picto indiqué. Chaque picto présent à la fin du paragraphe te donne droit à un lancer sur la table correspondante.

 AUGMENTER UNE QUALITÉ

Lance 3 fois 1 dé. Le total détermine la ou les qualités augmentées.

AUGMENTE TES QUALITÉS

Score	
3	Augmente ta Puissance et ton Adresse de 1
4	Augmente ta Puissance et ta Perception de 1
5	Augmente ton Adresse et ta Perception de 1
6	Augmente une qualité de ton choix de 1
7-9	Augmente ta Puissance de 1
10-12	Augmente ton Adresse de 1
13-15	Augmente ta Perception de 1
16	Augmente deux qualités de ton choix de 1
17	Augmente les trois qualités de 1
18	Augmente une qualité de ton choix de 2

GAGNER UN POUVOIR

Lance 2 dés. Le total détermine le pouvoir que tu gagnes. Si tu as déjà le pouvoir en question, lance les dés sur le tableau des connaissances.

GAGNE UN POUVOIR

Score		
2	Ailes d'Icare	Tu peux voler dans les airs.
3	Œil de l'aigle	Ta vue est deux fois meilleure.
4-5	invulnérabilité d'Achilles	Force de combat +3.
6-7	Force d'Héraclès	Puissance +5.
8-9	Feu d'Apollon	Lances de feu [Perception +4].
10	Esprit d'Athéna	Immunité à la peur.
11	Agilité d'Artémis	Adresse +4.
12	Aura d'Hypérion	Aura de lumière aveuglante. Force de combat +3.

Note : les pouvoirs sont décrits à la fin du livre parmi les stickers à découper. Dans les autres titres de la collection Quasar, il y a d'autres pouvoirs à gagner !

GAGNER UNE CONNAISSANCE

Lance 3 fois 1 dé. Ta nouvelle connaissance te donne un bonus de +1. Si tu l'as déjà, ton bonus augmente de 1 point à chaque nouveau tirage.

GAGNE UNE CONNAISSANCE

Score		
03	**Déminage**	Tu désamorces les pièges et les bombes.
04	**Crochetage**	Tu crochetes les serrures et les cadenas.
05	**Réparation**	Tu répares les machines et les mécanismes.
06	**Sport**	Augmentes ta vitesse, tes sauts, etc.
07	**Observation**	Augmentes tes capacités de détection.
08	**Premiers soins**	Soignes 2 points de Force de combat par niveau.
09	**Escrime**	Augmentes les dégâts des épées, massues, dagues…
10	**Lutte**	Augmentes les dégâts du combat à mains nues.
11	**Tir (armes de jet)**	Augmentes les dégâts des arcs, arbalètes…
12	**Tir (armes à feu)**	Augmentes les dégâts des fusils, pistolets, lasers…
13	**Survie**	Augmentes ta résistance aux climats extrêmes.
14	**Acrobatie**	Augmentes ton équilibre et ta capacité à fuir.
15	**Discrétion**	Tu restes hors de vue d'un adversaire.
16	**Escalade**	Tu grimpes des surfaces verticales.
17	**Pilotage**	Tu peux conduire tous les véhicules.
18	**Natation**	Te permet de nager et de plonger.

TROUVER UNE RELIQUE SACRÉE

Voilà l'événement le plus important. Les reliques sacrées des différentes mythologies sont peu nombreuses et **tu ne peux en posséder que trois au maximum**. Pour savoir quelle relique sacrée tu as trouvée, lance 1 dé. Si tu l'as déjà, retire sur le tableau des pouvoirs (p. 15).

GAGNE UNE RELIQUE

Score	
1	L'Ægide, bouclier de Zeus
2	Le Caducée d'Hermès
3	L'Œil du Cyclope
4	Le Foudre de Zeus
5	Les Flèches d'Apollon
6	La Toison d'or

Note : les reliques sacrées sont décrites à la fin du livre parmi les cartouches à découper. Dans les autres titres de la collection Quasar, il y a d'autres reliques à gagner !

Voilà, tu sais tout du combat et de l'action dans le cours de la partie. Il est temps maintenant de commencer l'aventure. Tourne la page et entre dans la légende…

L'AVENTURE COMMENCE...

Au milieu du cours d'astronomie, la nouvelle est tombée sur les écrans géants de l'amphithéâtre... Les ***Ostres***, cette confédération d'extra-terrestres venus des systèmes stellaires les plus proches du Soleil, se sont démasqués et ont pris le contrôle de tous les centres vitaux de la Fédération terrienne...

Seule la planète creuse *Atlantis*, vaste cité universitaire où tu fais tes études aux côtés de milliers d'autres jeunes venus des quatre coins du système solaire leur a échappée...

Sur les écrans, les derniers messages des gouvernements terrien, martien, lunaire et galiléen vous avertissent que vous êtes, étudiants, enseignants et personnel du bord, les derniers citoyens libres dans la Fédération... Un à un, les postes de défense civile, peu entraînés au combat en cette période de paix interplanétaire, tombent aux mains des ***Ostres***... Le sort de millions d'êtres est menacé...

Aussitôt, les autorités d'*Atlantis* décident de cacher la planète creuse dans une orbite rapprochée de Jupiter.

Les cours sont suspendus jusqu'à nouvel ordre et les adultes, dans une grande panique essayent d'organiser l'université pour soutenir un siège.

Un peu plus tard, tout le monde est réuni dans le parc naturel d'*Atlantis* pour écouter le recteur de l'université, accompagné du commandant de bord de la planète creuse.

"*Vous tous, étudiants, étudiantes, professeurs, personnel naviguant, vous êtes maintenant le seul espoir de la Fédération terrienne. Pour l'instant, il est difficile de dire comment nous allons pouvoir libérer l'humanité de l'invasion des* **Ostres**... *Je vous demande donc de refléchir, de faire preuve d'imagination et de nous soumettre toutes vos idées. Je sais que vous êtes très jeunes et que vous manquez d'expérience... mais dès aujourd'hui, il n'y a plus ni profes-*

seurs, ni étudiants, ni autorité administrative… Vous êtes maintenant des citoyens et des citoyennes du seul territoire encore libre de la Fédération. Nous comptons sur vous pour devenir les porte-drapeaux de la liberté. La lutte qui commence prendra des mois, des années peut-être, avant de…" Il retient un sanglot. Trop ému pour continuer, il se retire de l'estrade improvisée pour laisser la place au jeune capitaine de la planète creuse.

"Comme vous, je ne sais pas encore ce que nous devons faire… mais je vous promets que je ne laisserai pas ce vaisseau tomber dans les griffes infernales des **Ostres**.

Dorénavant, tous les jours, nous tiendrons une assemblée générale ici-même dans le parc… C'est ainsi que nous ferons dans l'avenir… Nous vous remercions de votre attention."

Dans un lourd silence, tout le monde se disperse…

Un peu plus tard, dans ta chambre, tu te connectes au réseau virtuel de l'université… Équipé d'un casque de simulation intégrale, tu visionnes les paysages de la Terre… Grâce à la technologie du virtuel, l'ordinateur central de la planète creuse recrée les détails et les sensations des lieux que tu souhaites visiter… Quelque chose te dit que tout n'est pas perdu. Que ce sont les jeunes d'*Atlantis* qui trouveront le chemin de la liberté… Instinctivement, tu demandes à l'ordinateur de te transporter dans un endroit auquel tu n'avais jamais pensé…

C'est ainsi que commence ton aventure… va au **01**.

SUR LES PENTES DU MONT OLYMPE

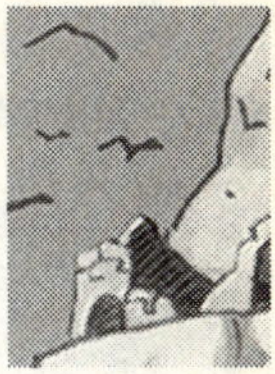

01 Tu te matérialises au pied d'un antique portail de pierres taillées dressé sur le flanc d'un volcan plus élevé que toutes les montagnes de la Terre. Son sommet disparaît dans une épaisse couche de nuages violets. Derrière toi tu ne vois que le vide… un grand vide blanc immaculé. Tu ne peux plus revenir en arrière. Sur les pentes du volcan, des escaliers mènent vers les hauteurs… — *Va à la p. 144 et regarde l'écran* **A**. *Tu dois choisir ta nouvelle destination parmi les numéros verts proposés.*

02 Tu pénètres dans un bosquet d'oliviers millénaires. Au centre d'une clairière est dressée une statue en marbre de la déesse Athéna. Un casque grec étincelant est posé sur la tête de la jeune femme. Alors que tu t'apprêtes à t'en emparer, un guerrier lourdement armé surgit d'un bosquet touffu.
Sous ses pas, l'herbe prend une teinte grise et tombe en poussière. Son rire sardonique te glace le sang.
« Humain, ton voyage sera bref en ce monde… »
Il brandit son épée et s'élance vers toi au pas de charge.
— *Tu peux fuir immédiatement en retournant à l'écran* **A**

(p. 144) ou te préparer à combattre. Les règles de combat sont expliquées p. 12.

BEKHOTYDES **1**

Force de combat : **8**
Equip^{t} : glaive [Puissance + 2]

— *Si tu es victorieux, va au* **10.**

03 Les étroites fenêtres des maisons troglodytes s'ouvrent sur un panorama stupéfiant. Autour du volcan, une vaste plaine rocailleuse de terre rouge s'étend à perte d'horizon. Tu reconnais le relief désertique de la planète Mars.
Le village est désert, comme si toute la population avait disparu d'un seul coup. Les habitations ont été abandonnées à la hâte. Des aliments mijotent encore sur des fourneaux archaïques…
— *Retourne à l'écran* **A** *(p. 144) pour choisir une nouvelle destination.*

04 Les dalles usées de l'amphithéâtre branlent sous tes pas. L'édifice tombe lentement en poussière, balayé sans répit par les vents… L'espace d'une seconde, tu aperçois une silhouette voûtée assise en haut des gradins mais elle s'évanouit aussitôt. Des impacts sur les pierres témoignent des violents combats qui ont eu lieu ici. Cette atmosphère te met mal à l'aise et tu ne t'attardes pas. — *Retourne à l'écran* **A** *(p. 144) pour choisir une nouvelle destination.*

05 À l'entrée de la caverne, tu trébuches sur le sol irrégulier… La grotte s'enfonce profondément dans les ténèbres, jusqu'au cœur de la montagne. — *Si tu fais demi-tour, retourne à l'écran* **A** *(p. 144) et choisis une nouvelle destination. Si tu préfères continuer, va au* **11**.

06 Tu as du mal à gravir cet escalier extrêmement étroit et tu commences à t'essouffler : l'oxygène se fait rare… — *Si tu veux redescendre, retourne à l'écran* **A** *(p. 144) pour choisir une nouvelle destination. Si tu préfères poursuivre ton ascension, va à l'écran* **E** *(p. 148).*

07 Le viaduc inachevé ne t'inspire aucune confiance. L'une de ses extrémités s'enfonce dans un tunnel obscur, percé dans le flanc de la montagne. — *Si tu n'oses pas monter sur le viaduc, retourne à l'écran* **A** *(p. 144) pour choisir une nouvelle destination. Si tu décides malgré tout de l'explorer, va au* **12**.

08 Le tunnel, relativement large à l'entrée, devient rapidement un passage étroit, aux parois grossière-

ment taillées. Tu déranges au passage un groupe de chauves-souris qui se disperse en piaillant. Au bout de quelques mètres, tu t'arrêtes juste à temps pour ne pas tomber dans le puits de mines qui s'ouvre à tes pieds. Une échelle de bois vermoulu s'enfonce dans les ténèbres. Les étais grincent de façon menaçante, comme si la montagne tout entière allait s'effondrer sur toi. — *Si tu ressors immédiatement, retourne à l'écran* **A** *(p. 144) pour choisir une nouvelle destination. Si tu descends dans le puits, va au* **09**.

09 La mine a été creusée selon des techniques très anciennes. Les boyaux irréguliers se ramifient à n'en plus finir en formant un inextricable labyrinthe. Tu perds rapidement tout sens de l'orientation. — *Pour t'orienter, tu dois faire* ***10 ou plus [Bonus : Perception + Survie]****. Si tu réussis, rejoins l'entrée du tunnel et retourne à l'écran* **A** *(p.144) pour choisir une nouvelle destination. Si tu échoues, va au* **11**.

10 Pendant un instant, tu distingues une créature démoniaque et informe. Aussitôt, l'armure ouvragée et le cadavre se liquéfient. Le casque porté par Athéna s'élève dans les airs et vient se poser entre tes mains.

— *Ajoute le sticker* **Casque d'Athéna** *(n°1, p. 162) à ton équipement.*

Confortablement assis contre le tronc d'un olivier, un jeune pâtre te sourit en silence. Tandis que tu t'approches, il s'évanouit tel un mirage. Une brise soudaine emporte un rire léger d'adolescent.

— *Retourne à l'écran* **A** *(p. 144) pour choisir une nouvelle destination.*

11 Tu parcours un vaste dédale de cavernes volcaniques et de gouffres. Après des heures d'escalade et de descentes vaines, tu te heurtes à un rocher derrière lequel filtre la lumière du jour. Mobilisant toutes tes forces, tu parviens à le faire basculer : les rayons du soleil te frappent en plein visage. Un instant ébloui, tu te glisses hors du réseau de grottes et débouches dans les coulisses d'un amphithéâtre en ruines. — *Va au* **04**.

12 Les pierres cèdent sous tes pas : dans un nuage de poussière, des morceaux de roche se détachent de l'édifice et tournoient dans le vide. — *Pour ne pas les suivre dans l'effondrement général du viaduc, tu dois faire* ***9 ou plus [Bonus : Adresse]****. Si tu réussis, tu parviens à un petit tunnel taillé dans la montagne, juste au bout du viaduc. Va au* **08**. *Si tu échoues, tu bascules dans le vide avant de t'écraser au fond du précipice… Va à l'écran* **P**.

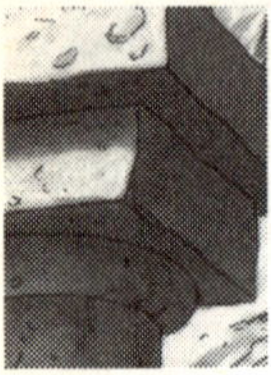

LA DEMEURE DE L'AÈDE AVEUGLE

13 Une grille de métal ouvragé s'ouvre sous le portique en pierre de taille. — *Si tu examines la grille plus en détail, va au* **20**. *Si tu pénètres dans la villa, va à l'écran* **B** *(p. 145) pour choisir ta destination. Si tu passes ton chemin, retourne à l'écran* **A** *(p. 144).*

14 Le vieillard aveugle fixe le vide de ses yeux couleur de cendre en effleurant machinalement la surface de l'eau. Avant que tes lèvres aient prononcé un seul mot, il tourne vers toi son visage paisible…

« Je te salue, Ô *Légende.* Je suis ici pour t'aider dans la quête que les dieux t'ont confiée. Prends les armes sacrées

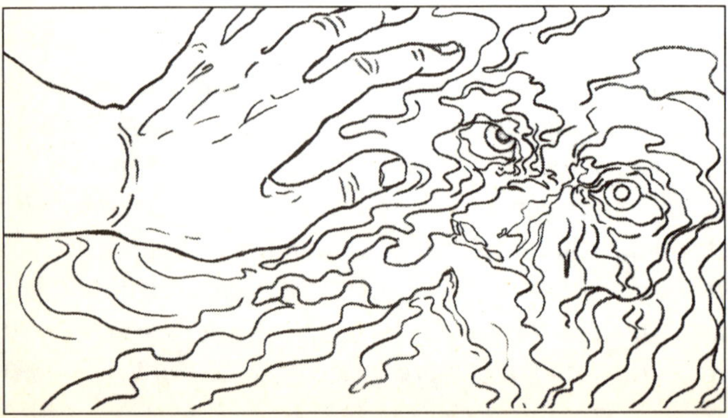

dont j'ai la garde et va te recueillir à la maison de l'Histoire : tu y apprendras la véritable nature de tes ennemis. Tu pourras alors poursuivre ton chemin jusqu'aux contrées lugubres de l'Hadès… »
Il lève lentement la main en signe d'adieu avant de disparaître dans une pluie de poussière dorée. — *Si tu vas jusqu'aux maisons, va au* **16**. *Sinon, retourne à l'écran* **B** *(p. 145) pour choisir ton chemin.*

15 L'eau de la petite fontaine est claire et transparente. Le mot grec γνωσισ *(gnosis)*, qui signifie "connaissance", est gravé sur son fronton. — *Si tu bois l'eau, va au* **26**. *Sinon, retourne à l'écran* **B** *(p. 145) pour choisir ton chemin.*

16 Depuis ce paisible jardin, tu peux accéder aux trois bâtiments qui constituent la maison : une petite chapelle, une demeure et un pavillon orné de nombreux de bas-reliefs, la maison de l'Histoire. — *Si tu entres dans la chapelle, va au* **17**. *Si tu choisis la demeure, va au* **18**. *Si tu préfères la maison de l'Histoire, va au* **19**. *Si tu décides de repartir, retourne à la grille, au* **13**.

17 La pièce obscure n'est éclairée que par deux étroites fenêtres et quelques chandelles à moitié consumées. Au-dessus d'un autel consacré aux divinités du foyer et de la famille, les *Lares*, tu distingues une poignée de cuivre. — *Si tu sors de la chapelle, retourne au* **16**. *Si tu actionnes la poignée, va au* **24**.

18 Tu pénètres dans la modeste demeure. Des armes auréolées de lumière flottent dans les airs au centre

de la pièce. Tu t'empares de l'épée et du bouclier frappés du sceau de la constellation de Persée. Aussitôt, ils émettent un bourdonnement grave et sont parcourus d'éclairs. — *Ajoute les stickers* **Épée de Persée** *et* **Bouclier de Persée** *(n°2 et n°3, p. 162) à ton équipement. Tu peux sortir de la maison et retourner au* **16** *pour choisir ton chemin.*

19 Fixée sur l'un de murs de cette pièce meublée de façon austère, une plaque de bronze émet une lueur bleutée. En l'examinant, tu distingues une image incertaine qui se forme sur la surface métallique : un blason formé de deux dragons se mordant la queue. Au-dessous, tu peux lire :

> < ... //...et l'aveugle sera leur guide /// zzzt0125 —¿¿arès?? zzt olympus // ftp. mons... + grand volcan du système solaire gzzzttt hauteur 72000 pieds, diamètre au sol 600 kilomzzzzzzzzat ///présence **>ossttrreess<** signalée dzzzzzzk-zaaaap @ >>><<<...

La tête d'un horrible lézard humanoïde fait place à ces étranges inscriptions puis la plaque s'éteint avant de perdre son éclat. — *Si tu tentes de la réparer, va au* **21**. *Si tu sors de la pièce, va au* **22**.

20 Les motifs de la grille ondulent comme des algues puis s'entrecroisent savamment pour former une scène d'un réalisme saisissant : douze vaisseaux luttent contre les flots déchaînés dans une mer hérissée de récifs. Tu reconnais la flotte d'Ulysse, telle qu'Homère la décrivit dans l'*Odyssée.* — *Retourne à l'écran* **B** *(p. 145).*

21 L'objet est un écran d'une technologie inconnue. *Pour le réparer, tu dois faire* ***8 ou plus [Bonus : Adresse + Réparer]****. — Si tu réussis, va au* **23**. *Si tu échoues, tu peux ressortir en allant au* **22**.

22 L'ombre démesurée d'un géant plane sur le patio. Un guerrier grec armé des pieds à la tête se dresse devant toi en pointant sa lance.

« Prépare-toi à rejoindre les tiens… »

Le combat est inévitable.

— *Les règles de combat sont expliquées à la p. 12.*

BYRKHANIL **1**

Force de combat : **14**

Equip^{t} : lance [Puissance + 4]

— *Si tu es victorieux, retourne à l'écran* **B** *(p. 145).*

23 En effleurant du doigt la surface électrisée, tu réactives la plaque. Le reptile réapparaît, et des caractères s'affichent sur son étrange visage…

<krrrrzzzt>>>oossttrreess<<<en translation dimensionnelle///zzap./// . effacement // accéléré des i.u.g. >> activation plan hadès —zzzt— opération vishgaarr // le messager. zzzzap>

D'autres images se forment. Des dieux grecs tentent vainement de repousser une attaque de créatures mi-Ostres, mi-guerriers grecs. Seul Hermès, le messager aux pieds ailés, échappe au massacre. La plaque se met à rougeoyer avant de fondre lentement. La chaleur devient vite insupportable. — *Si tu quittes la pièce, va au* **22**. *Si tu observes le phénomène, va au* **25**.

24 L'autel bascule, dévoilant une volée de marches grossièrement taillées dans le roc. Le tunnel est obstrué par d'épaisses toiles d'araignées mais il semble praticable. Il s'enfonce profondément vers le cœur de la montagne et les secrets qui y sont enfouis… — *Si tu descends dans le tunnel, va au* **11**. *Sinon, retourne au* **16**.

25 Chauffée à vif, la pièce s'embrase soudainement. Aussitôt, tes vêtements et tes cheveux s'enflamment. En proie à une douleur indescriptible, tu cours vers la sortie… — *Va à l'écran* **P** *(p. 159).*

26 L'eau te rafraîchit agréablement et tu sens ton corps et ton esprit bouillonner de connaissances nouvelles et de pouvoirs inconnus… — *Retourne à l'écran* **B** *(p. 145).*

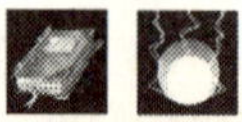

LE TOMBEAU DES INVINCIBLES

27 Sur chacune des massives portes de pierre est sculpté un gardien en armes, surmonté du nom d'une des trois familles légendaires de l'Antiquité : « *Atréïdes - Famille royale de Troie - Labdacides, famille d'Œdipe* ». En observant ces statues, tu acquiers la conviction que les statues dissimulent un mécanisme secret. — *Pour chaque statue, tu dois faire* ***10 ou plus [Bonus : Perception + Crocheter]****. Si tu réussis pour le caveau des Atréïdes, va au* **28***. Si tu réussis pour Troie, va au* **29***. Si tu réussis pour la famille d'Œdipe, va au* **30***. Sinon va à l'écran* **C** *(p. 146) pour choisir une nouvelle destination. Tu n'as droit qu'à un seul essai par caveau.*

28 Dans un lourd grondement, la porte pivote sur son axe, te permettant de regarder à l'intérieur, plongé dans une semi pénombre. Le dallage est parcouru de profondes fissures et le plafond est partiellement effondré. Des fresques écaillées dépeignent l'épopée de trahison, de colère et de folie qui précéda la chute des fils d'Atrée.
— *Si tu veux explorer ce tombeau, va au* **31**. *Si tu ressors, retourne au* **27**.

29 Lentement, la porte pivote sur son axe en grinçant. Dans une galerie délabrée, tu découvres les statues des héros troyens Priam, Hector et Pâris… Des bas-reliefs célèbrent la gloire ancienne de ces guerriers vaincus. D'autres galeries, consacrées aux nombreux fils de Priam, s'enfoncent de part et d'autre de la nef centrale dans les profondeurs de la montagne. — *Si tu t'enfonces dans ce tombeau, va au* **32**. *Si tu ressors, va à l'écran* **C** *(p. 146).*

30 La porte pivote lentement sur son axe. L'obscurité la plus totale règne dans ce tombeau où tu progresses à tâtons. Désorienté, tu t'apprêtes à faire demi-tour quand un point lumineux perce les ténèbres, loin devant toi. — *Si tu décides de t'approcher de la lumière, va au* **33**. *Si tu préfères ressortir, retourne à l'écran* **C** *(p. 146).*

31 Une femme d'une beauté inouïe se dresse au fond de la tombe. Son visage est ravagé par la tristesse.
« Qu'avons-nous fait, *Légende* ? Quels drames que nos existences ! Nous avons trahi, assassiné, déshonoré… Si je pouvais revivre, moi, Clytemnestre, que de bienfaits naîtraient de mes méfaits passés ! »

Incapable de continuer à parler, la jeune femme est secouée de sanglots déchirants. Bouleversé, tu t'avances alors vers elle pour la serrer contre ton cœur. Soudain, elle se rue sur toi, brandissant un long poignard au manche ouvragé. En un éclair, ses traits se déforment monstrueusement, dévoilant le démon qui se cachait sous ces traits splendides.

BEKHOTYDES **1**

Force de combat : **7**

Equip^{t} : poignard [Puissance + 1]

— *Si tu es victorieux, va au* **34**.

32 Une des statues n'est pas alignée. Et pour cause : c'est un authentique guerrier grec ! Il fait un pas dans ta direction et pointe son épée sur ta gorge.
« D'où viens-tu, toi qui viens chercher conseil auprès des dépouilles de nos ennemis ? Tu n'es pas le bienvenu, ici ! Fuis pendant qu'il est encore temps ! » — *Si tu sors du tombeau, retournes à l'écran* **C** *(p. 146) pour choisir ta destination. Sinon, va au* **38**.

33 La lueur provient d'une salle circulaire située aux tréfonds du tombeau. Un devin, penché au-dessus d'un brasero fumant, te fixe avec arrogance avant de plonger son regard dans les flammes.

« Je suis Berothéis le devin. Veux-tu connaître ton avenir, *Légende* ? J'y vois la mort, bientôt, très bientôt ! »
Il brandit une hache de sacrifice, un de ces instruments de mort utilisés pour immoler les taureaux dans le temple

de Zeus, et éclate de rire. T'enfuir dans l'obscurité du tombeau serait périlleux ! — *Si tu engages le combat, va au* **37**. *Si tu tentes une astuce, va au* **39**.

34 Vaincu, le monstre tombe en poussière. À terre, tu découvres un parchemin déchiré dont les antiques caractères sont à peine lisibles. Bien que tu ne comprennes pas le contenu du message, un savoir nouveau t'envahit.

— *Tu peux retourner à l'écran* **C** *(p. 146).*

35 Au moment où Achille s'écroule, la foudre s'abat sur toi. Un sentiment de puissance t'envahit... — *Reporte-toi à la p. 15 pour augmenter tes qualités. Ensuite, tu peux retourner à l'écran* **C** *(p. 146).*

36 Une statuette de cuivre représentant Œdipe marchant les yeux bandés, un bâton à la main , brille dans l'ombre de la niche. À son contact, tu ressens une vive secousse électrique... — *Sors du tombeau et retourne à l'écran* **C** *(p. 146).*

37 La hache du devin fend les airs en direction de ta gorge. — *Les règles de combat sont expliquées à la p. 12.*

BEKHOTYDES 1
Force de combat : **8**
Equip^t : hache [Puissance + 2]

— *Si tu es victorieux, va au* **36**.

38 Tu reconnais le guerrier en te fiant aux descriptions que tu a lues à son sujet : Achille, l'invincible ! La rumeur prétend qu'il n'aurait qu'un point faible : le talon.

« Prépare-toi à rejoindre les tiens ! »

Sous le casque du héros, tu reconnais un *Ostre* en pleine mutation. — *Les règles de combat sont expliquées à la p. 12.*

OSTRAKHYLLES 1
Force de combat : **14**
Equip^t : glaive [Puissance + 3]

— *Si tu es victorieux, va au* **35**.

39 D'un coup de pied, tu renverses le brasero sur ton adversaire. Des charbons incandescents volent de tous côtés et embrasent sa robe. Le devin s'enfuit vers la sortie du tombeau en poussant des hurlements à glacer le sang. Au fond de la pièce, à la lueur vacillante des braises qui s'apaisent, tu découvres une petite niche dans le mur… — *Va au* **36**.

LE PARTHÉNON D'HYPÉRION

40 Une sourde lamentation parcourt la colonnade constituée de statues de femmes en armes :

« Hier puissantes gardiennes, nous voilà abandonnées au silence éternel. Où sont les Titans, où sont les Olympiens que protégeaient nos armes ? » — *Si tu inspectes la statue d'Atlas, va au* **41**. *Si tu explores le temple voisin, va au* **43**. *Si tu préfères visiter l'hémicycle abandonné, va au* **44**.

41 Les muscles tendus dans un effort surhumain, l'impressionnant Titan Atlas soutient sur ses robustes épaules un globe luminescent. — *Si tu décides d'escalader la statue pour observer le globe de plus près, va au* **42**. *Si tu préfères explorer les environs, retourne à l'écran* **D** *(p. 147) et choisis à nouveau ton chemin.*

42 La montée n'est pas aussi aisée que tu le croyais. Plus tu t'élèves, plus les prises se font rares… — *Tu dois faire* ***10 ou plus [Bonus : Adresse +Escalader]***. *Si tu réussis, va au* **48**. *Si tu échoues, tu chutes lourdement sur le sol dallé : va à l'écran* **D** *(p. 147) pour choisir ton chemin.*

43 Il règne dans le temple un silence oppressant. À la lueur des torches, tu examines les mosaïques qui recouvrent les murs. Des scènes terrifiantes retracent les épisodes du drame qui s'est joué en ces lieux : la chute des Titans vaincus par Zeus, puis la défaite de Zeus et des Olympiens, vaincus par des *Ostres* ayant pris l'apparence de héros antiques. Au fond du temple, tu découvres un grand miroir en or. — *Si tu regardes dans le miroir, va au* **45**. *Si tu ressors du temple, retourne à l'écran* **D** *(p. 147).*

44 Tu laisses de profondes empreintes dans l'épais tapis de poussière qui recouvre le sol. Des fragments de parchemins sont éparpillés sur la tribune. Recroquevillé dans les gradins, un vieillard au visage flétri te fixe d'un regard abattu. — *Si tu quittes ces lieux, retourne à l'écran* **D** *(p. 147). Si tu t'approches du vieillard, va au* **46**.

45 Ton visage s'estompe et visage massif apparaît au centre du disque d'or, auréolé de lumière :

« *Légende* ! C'est Hypérion qui te parle. Tu es notre dernier espoir ! Trouve la relique qui te permettra de libérer les Olympiens, et descends au royaume d'Hadès. » L'apparition s'évanouit, et ton reflet se dessine à nouveau au centre du miroir. — *Si tu examines les lieux, va au* **47**. *Sinon, sors du temple et retournes à l'écran* **D** *(p. 147).*

46 Le vieillard au visage las porte un modeste manteau qui descend jusqu'à ses chevilles. Stupéfait, tu remarques qu'il est chaussé de sandales ailées.

« Triste spectacle, n'est-ce pas ? C'était ici que les Titans, puis les Olympiens, se réunissaient autrefois pour régler

la marche de l'Univers. Regarde ces murs abandonnés aux vents et à la poussière ! Puissent-ils revivre un jour grâce à toi ces jours glorieux ! »
Avec lenteur, il délace ses sandales et te les tend.

« Gravis la statue d'Atlas. Tu y trouveras ce que tu cherches. » — *Ajoute le sticker* **Sandales d'Hermès** *(n°4, p. 162) à ton équipement. Si tu te rends directement devant Atlas, va au* **41**. *Sinon, retourne à l'écran* **D** *(p. 147) pour choisir ton chemin.*

47 Le miroir pivote sur son axe, dévoilant l'entrée d'une crypte. Des voix chuchotent des vers dans les profondeurs obscures :

« C'est auprès de Morphée que cette mélodie
Par son chant cristallin envoyait l'ennemi… »

Une volée de marches te conduit jusqu'à un vaste mausolée circulaire où les statues de Sophocle, d'Orphée, d'Euripide et autres poètes sont disposées en arc de cercle. Seul Homère manque à l'appel… Une lyre étincelante est posée aux pieds de la statue d'Orphée.
— *Ajoute le sticker* **Lyre d'Orphée** *(n°5, p. 163) à ton équipement. Retourne à l'écran* **D** *(p. 147).*

48 Au moment même où tu effleures la surface luminescente, un halo de lumière bleutée te submerge et tu es projeté au cœur de la sphère. Un poids indescriptible pèse sur tes épaules et chaque pas exige de toi un effort surhumain. Un porte de lumière dorée s'ouvre à quelques mètres de toi… — *Pour atteindre la porte, tu dois faire* ***11 ou plus [Bonus : Puissance]****. Si tu échoues, la porte disparaît et tu te matérialises au pied de la statue au* **41**. *Si tu réussis, va au* **49**.

49 À bout de force, tu parviens à atteindre la porte. Ton âme désincarnée est aussitôt projetée avec violence dans un vortex de lumières multicolores. Après quelques secondes de voyage mouvementé, tu réintègres douloureusement ton enveloppe charnelle. Allongé dans l'herbe humide, un vent léger caresse ton visage. Après avoir recouvré tes esprits, tu te redresses pour observer ce qui t'entoure : le paysage qui s'offre à toi est sidérant.

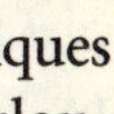

— *Va à l'écran* **E** *(p. 148).*

LE SOMMET DES DIEUX

50 Juchée sur un rocher se tient une créature de cauchemar : bien qu'elle ait le visage et la poitrine d'une attirante jeune femme, son corps est celui d'un chien, muni de griffes de lion, d'une queue de dragon et d'amples ailes d'oiseau. Tu reconnais avec effroi le Sphinx de la légende.

« Nul n'emprunte cet escalier sans m'avoir vaincu ! » hurle le monstre, défiguré par la rage. « Mes victimes sont innombrables et la faim déchire mes entrailles ! Si tu réponds à ma question, tu passeras sain et sauf. Si tu échoues, tu rejoindras le charnier des ignorants ! Écoute bien : de deux chiffres égaux composé, c'est un nombre plein de mystère. Il suffit de le retourner afin d'y ajouter un tiers. De quel nombre s'agit-il ? »

Devant ton indécision, le Sphinx sourit en dévoilant des crocs acérés…

— *Si tu trouves la bonne réponse, va au paragraphe correspondant à ce nombre. Si tu n'y comprends rien, va au* **63**.

51 Le grondement d'une multitude de sabots frappant le sol résonne contre les parois de ces ruines déso-

lées. Un groupe de créatures bestiales au buste d'homme et au corps de cheval surgit au détour d'une rue. Ils te lancent un regard à la lueur sauvage puis se cabrent avant de s'élancer vers toi au grand galop en brandissant d'impressionnantes massues. — *Si tu engages le combat, va au* **52**. *Si tu tentes de fuir, va au* **61**.

52 Le plus grand des centaures décrit des cercles autour de toi en faisant tournoyer son arme dans les airs. Ses frères martèlent le sol de leurs sabots pour accompagner votre danse barbare…
— *Le combat est inévitable.*

CENTAURE **1**

Force de combat : **15**

Equipt : massue [Puissance + 2]

— *Si tu l'emportes, va au* **53**. *Si tu es vaincu, les centaures te capturent et te mènent jusqu'à une maison restée intacte : va au* **54**.

53 Vaincu, le centaure s'écroule sur le sol en soulevant un nuage de poussière. Un brouhaha parcourt la troupe de créatures affolées.

« Quelle puissance ! Cet humain est invincible ! Serait-il capable de vaincre l'ennemi ? »

Dans une crainte respectueuse, les centaures te conduisent devant le sage Chiron. — *Va au* **54**.

54 Un centaure au port altier se tient à la limite du champ de ruines, à quelques mètres de l'unique maison encore debout. Il te toise avec mépris.

« On me rapporte que ta force au combat est exceptionnelle… Je ne vois en toi qu'orgueil et soif de richesses. Crois-tu mériter le nom de héros, toi qui jusqu'ici n'a combattu que pour ta propre gloire ? Seras-tu capable de délivrer la demeure que l'ennemi m'a injustement volée ? » Il te désigne la porte de l'antique villa. — *Va à l'écran* **G** *(p. 150).*

55 Derrière une arche de feuillages, tu découvres un jardin sauvage et ombragé, peuplé de splendides oiseaux. C'est l'endroit rêvé pour prendre un peu de repos. — *Si tu pénètres dans ce jardin, rends-toi à l'écran* **H** *(p. 151). Sinon, retourne à l'écran* **E** *(p. 148).*

56 Une barque est tirée sur le rivage du fleuve impétueux. — *Si tu mets l'embarcation à flots, va au* **64**. *Sinon, retourne à l'écran* **E** *(p. 148).*

57 Une vaste plaine volcanique et désolée s'étend devant toi, percée çà et là par des puits de soufre pestilentiels d'où jaillissent des nuages de vapeur jaunâtres.

— *Si tu t'engages dans la plaine, va au* **62**. *Sinon, retourne à l'écran* **E** *(p. 148).*

58 Une barrière de haches enchevêtrées t'interdit l'accès du palais. — *Pour la franchir, tu dois faire* ***12 ou plus [Bonus : Puissance + Sauter].*** *Si tu réussis, va à l'écran* **F** *(p. 149). Si tu échoues, tu retombes lourdement sur les lames affûtées : va à l'écran* **P** *(p. 159). Si tu préfères ne pas prendre le risque de te blesser, va à l'écran* **E** *(p. 148).*

59 Le tumulte produit par les eaux bouillonnantes jaillies de cette cascade est assourdissant. — *Fais* ***12 ou plus [Bonus : Perception]*** *Si tu réussis, va au* **65**. *Sinon, retourne à l'écran* **E** *(p. 148).*

60 Malgré les trombes d'eau qui jaillissent de la cascade en soulevant un épais rideau d'embruns, il règne en ces lieux un silence absolu. Une vieille barque est amarrée à un rocher. Soudain, une ombre gigantesque t'enveloppe. Tu fais volte-face et te retrouves nez à nez avec une monstrueuse créature visqueuse que tu n'as pas entendu approcher. Persuadé de n'avoir aucune chance de vaincre ce monstre effroyable, tu décides de te précipiter à bord de la barque… — *Pour bondir à bord de l'embarcation, tu dois faire* ***12 ou plus [Bonus : Adresse].*** *Si tu réussis, la barque te mène jusqu'au* **64**. *Si tu échoues, la créature te dévore sans que tu puisses opposer de résistance : va à l'écran* **P** *(p. 159).*

61 Tu cours aussi vite que tu le peux parmi les blocs de marbre brisés qui ralentissent ta progression. Bondissant tels des démons parmi les ruines, les cen-

taures ne vont pas tarder à te rejoindre ! — *Pour leur échapper, tu dois faire* ***11 ou plus [Bonus : Adresse + Se cacher].*** *Si tu échoues, les centaures te capturent et te mènent devant leur chef : va au* **54**. *Si tu réussis, retourne à l'écran* **E** *(p. 148).*

62 L'air devient irrespirable et les vapeurs nauséabondes te prennent à la gorge. Au fur et à mesure que tu progresses, la plaine est traversée par de profondes fissures dont s'échappent des volutes de fumée opaque. Incapable de discerner ce qui t'entoure, tu bascules dans une large crevasse. — *Va à l'écran* **I** *(p. 152).*

63 Terrifié, tu bredouilles une réponse au hasard. Aussitôt, le Sphinx se redresse sur ses pattes postérieures, la gueule écumante.

« Tu a échoué ! Ta chair m'appartient ! »

Toutes griffes dehors, la créature bondit sur toi.

SPHINX **1**

Force de combat : **30**

Equip^{t} : aucun

— *Si tu es vainqueur, va au* **67**.

64 Malmené par le violent courant, tu éprouves les plus grandes difficultés à diriger ton embarcation : tu te diriges tout droit vers des récifs mortels… — *Pour te stabiliser, tu dois faire* ***13 ou plus [Bonus : Adresse + Naviguer].*** *Si tu réussis, va à l'écran* **J** *(p. 153). Si tu échoues, la barque se fracasse et tu rejoins le rivage à la nage. Retourne à l'écran* **E** *(p. 148).*

65 Stupéfait, tu réalises que le grondement des eaux de la cascade forme une sorte de murmure intelligible. Tu parviens à force d'acharnement à comprendre l'étrange clapotage des eaux.

« Regardez, c'est la *Légende* ! Aurait-il besoin de notre aide ? Comment le savoir ? »
Incrédule, tu t'adresses à la cascade sans conviction.

« Je n'ai pas d'embarcation pour voguer sur ces eaux ! »
Aussitôt, les flots déchaînés portent vers la rive une barque que les chutes d'eau dissimulaient derrière leur rideau d'embruns. Tu embarques sans tarder.
— *Va au* **64**.

66 Tu lis une amère déception sur le visage du terrible Sphinx.

« Tu as vu juste. Tu es le second à me vaincre… »
Avant de te tourner le dos dans une attitude de résignation, il tend vers toi sa queue écailleuse d'où jaillit un éclair doré.
— *Va à l'écran* **E** *(p. 148) pour poursuivre ton chemin.*

67 Terrassé par une blessure mortelle, le Sphinx s'effondre dans son sang. Des éclairs argentés jaillissent de sa carcasse et des forces inconnues parcourent ton corps. — *Retourne à l'écran* **E** *(p. 148).*

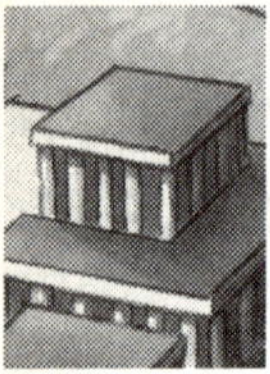

LE DÉDALE DE MINOS

68 L'architecture de ce palais est extrêmement déroutante. Tu ne parviens pas à discerner d'axes précis dans ce labyrinthe de colonnades et de coursives. — *Si tu progresses vers le nord, va au* **70**. *Si tu te diriges vers l'ouest, va au* **74**. *Si tu cherches une sortie, rends-toi au* **76**.

69 Sur un pan de mur, une vaste fresque représente un rituel sauvage. Huit jeunes gens s'élancent vers un taureau musculeux et prennent appui sur ses cornes pour bondir au-dessus de son dos. — *Si tu vas vers l'ouest, va au* **71**. *Si tu essaies de sortir, va au* **82**. *Si tu tentes d'aller vers le sud, va au* **77**.

70 Cette colonnade s'étend à l'infini. — *Si tu vas tout droit, va au* **68**. *Si tu tournes à droite, va au* **76**. *Si tu vas vers la gauche, va au* **77**.

71 Ce couloir est étrangement dépouillé. Des murs de briques recouverts d'un enduit brun écaillé s'étirent à perte de vue et de minuscules fenêtres s'ouvrent sur une cour inaccessible. — *Si tu suis toujours le même mur, tu te retrouves au* **69**. *Si tu empruntes un couloir adjacent, va au* **74**. *Si tu rebrousses chemin, va au* **75**.

72 Incrédule, tu atteins enfin le jardin d'eau niché au cœur du labyrinthe. Des ombres mouvantes glissent sous la surface du bassin. Tu plonges ton regard dans les profondeurs aquatiques : une jeune fille en surgit et te tend la main sans prononcer une parole… — *Si tu plonges dans la fontaine pour suivre la naïade, va au* **78**. *Si tu préfères rentrer dans la maison, va au* **73**.

73 Le sol du pavillon est jonché de fumier et de restes de nourriture putréfiée. Une statue grotesque représentant un homme musculeux à tête de taureau se dresse au centre de la pièce. Écœuré par l'odeur de décomposition, tu t'apprêtes à faire demi-tour lorsqu'un beuglement lugubre brise le silence de mort. — *Si tu essaies de t'enfuir, retourne dans le jardin au* **80**. *Sinon, va au* **79**.

74 Tu es certain d'être déjà passé devant cette fresque représentant une course de taureaux. — *Pour t'orienter, tu dois faire* ***11 au moins [Bonus : Perception].*** *Si tu réussis, va au* **72**. *Si tu échoues, va au* **68**.

75 Tu as déjà croisé cette colonne ébréchée. Tu es bel et bien perdu ! — *Pour retrouver ton chemin, tu dois faire* ***12 ou plus [Bonus : Perception].*** *Si tu réussis, va au* **72**. *Si tu échoues, va au* **69**.

76 Tu croises ce dauphin de bronze pour la deuxième fois : tu tournes en rond ! — *Pour retrouver ton sens de l'orientation, tu dois faire* ***11 au moins [Bonus : Perception].*** *Si tu réussis, va au* **72**. *Si tu échoues, va au* **70**.

77 Cette coursive te rappelle quelque chose : serais-tu déjà passé par là ? — *Pour retrouver ton chemin, tu dois faire* ***12 ou plus [Bonus : Perception].*** *Si tu réussis, va au* **72**. *Si tu échoues, va au* **71**.

78 La naïade saisit vigoureusement ton poignet et te tire vers les profondeurs d'une vaste caverne sous-marine, peuplée d'une multitude de créatures aquatiques. En proie à une terreur glacée, tu tentes vainement de te libérer : tes poumons privés d'air se contractent douloureusement. Au moment où tu crois ta dernière

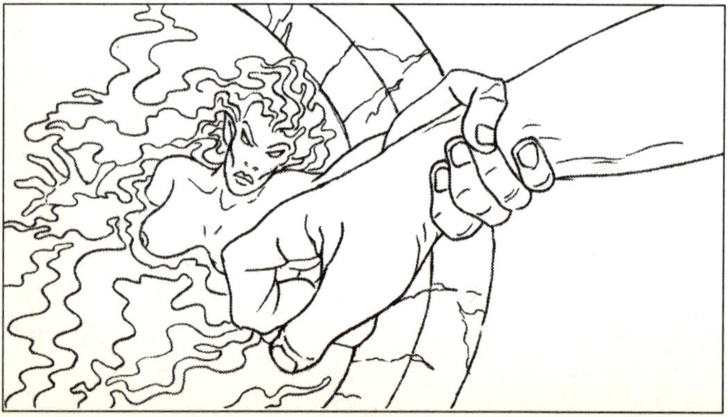

heure arrivée, ton guide te conduit dans une petite grotte où tu peux reprendre ta respiration. Allongée sur un dauphin de bronze recouvert d'algues, une naïade couronnée s'adresse à toi d'une voix calme et mesurée.

« De nouveaux tyrans ont pris possession de notre monde. Les dieux t'ont choisi pour nous en délivrer. C'est au royaume d'Hadès que te mènera ta quête libératrice. Suis ce tunnel, percé jadis par nos ancêtres, vers le fleuve Océan d'où tu pourras trouver l'accès des Enfers… »
Elle te conduit jusqu'à l'entrée d'un couloir étroit et humide qui s'enfonce dans les ténèbres. Après des heures de marche, tu débouches au bord d'un large fleuve…
— *Va au* **56**.

79 Un monstre, semblable en tous points à la statue de bronze, surgit dans le pavillon. Les naseaux écumants, il penche sa large tête cornue et s'élance dans ta direction. — *Si tu es prêt pour l'affrontement, va au* **84**. *Si tu essaies de fuir, va au* **83**. *Si tu as vu la fresque du labyrinthe et que tu souhaites imiter ses participants, essaie de te rappeler précisément la scène : le nombre de jeunes hommes correspond au chiffre des dizaines et le nombre de taureaux au nombre des unités du paragraphe où tu dois te rendre.*

80 Le hurlement bestial retentit à nouveau. Une jeune fille surgit des eaux de la fontaine et te tend la main sans prononcer une parole. — *Si tu plonges dans la fontaine, va au* **78**. *Si tu préfères prendre les armes et te préparer à combattre, va au* **79**.

81 Tu empoignes la bête par les cornes et tentes de la renverser. *Pour réussir cette manœuvre, tu dois faire* ***12 ou plus [Bonus : Adresse + Bondir].*** *— Si tu réussis, va au* **86**. *Si tu échoues, va au* **83**.

82 La sortie, enfin ! Tu quittes ce palais cauchemardesque sans te retourner. — *Va à l'écran* **E** *(p. 148).*

83 La corne du monstre pénètre entre tes côtes avec une violence fulgurante. D'un puissant coup de tête, le Minotaure te projette sur le sol puis se jette sur toi pour te dévorer… — *Tu te réveilles à l'écran* **P** *(p. 159).*

84 Tu évites de peu le coup de corne mortel puis tu fais volte-face, prêt à engager le combat.

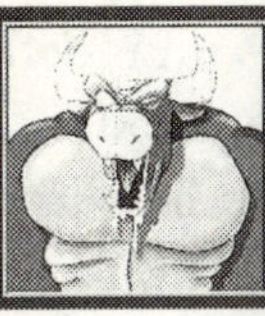

MINOTAURE	**1**
Force de combat : **25**	
Equip^t : aucun	

— *Si tu l'emportes, va au* **85**.

85 Le monstre s'écroule. Après une courte pause, tu poursuis ton exploration du pavillon. Derrière la statue, tu trouves une hache à double tête. En cherchant encore, tu découvres un passage vers les sous-sols. Quelques coups de hache te suffisent à abattre la porte qui te barre l'accès. En bas d'une volée de marches, tu empruntes un couloir obscur et tu parviens enfin à l'air libre. — *Ajoute le sticker* **Hache de Minos** *(n°7, p. 163) à ton équipement, puis retourne à l'écran* **E** *(p. 148).*

86 Agrippé au dos du Minotaure, tu t'empares d'une de tes armes. Avec l'énergie du désespoir, tu parviens à trancher la gorge du monstre. — *Va au* **85**.

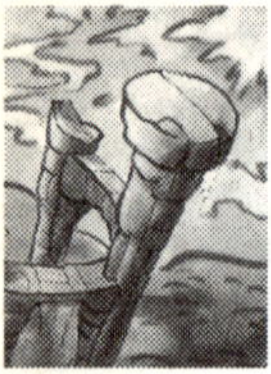

LE REPAIRE DU MAÎTRE-CENTAURE

87 En approchant de la demeure, tu ressens un indéfinissable malaise : la maison de Chiron, faite de pierres grossières, ne comporte aucune fenêtre. D'aspect lugubre, elle ressemble à une tombe, et l'arche funéraire en constitue le seul accès. — *Si tu entres dans la maison, va au* **88**. *Si tu sors du bâtiment, va à l'écran* **G** *(p 150).*

88 Les murs aveugles de la pièce dans laquelle tu pénètres sont blanchis à la chaux. Près d'une porte basse, une corbeille de fruits, des fromages, du vin et une pièce de bœuf sont posés sur une table de bois clair. Tu te sens soudain tenaillé par une irrépressible faim…
— *Si tu manges quelque chose, va au* **96**. *Si tu empruntes la porte basse, va au* **98**.

89 Sur une couche garnie de coussins de soie s'étend la créature la plus attirante que tu aies jamais vue. Elle s'adresse à toi d'une voix suppliante en tendant ses bras entravés de lourdes chaînes.

«Délivre-moi des Centaures ! Viens me libérer, viens à moi, mon amour… »
Ses yeux noirs brûlent de passion et sa bouche implore tes

baisers. — *Si tu t'approches pour délivrer la pauvre créature, va au* **95**. *Si tu préfères passer ton chemin, va dans la pièce suivante au* **90**.

90 La lumière qui émane du couloir ne parvient pas à percer les ténèbres qui baignent cette salle. Tu avances avec précaution, essayant d'interpréter chaque craquement du parquet. Soudain, tu perds l'équilibre et tu aperçois fugitivement les pieux de métal qui luisent dans les profondeurs de la fosse qui vient de s'ouvrir sous tes pieds. — *Tu dois faire* ***11 ou plus [Bonus : Adresse].*** *Si tu surmontes l'épreuve, va au* **99**. *Si tu échoues, va à l'écran* **P** *(p. 159).*

91 À l'instant où tu pénètres dans cette pièce obscure, un puissant guerrier au regard vide s'adresse à toi d'une voix désincarnée :

« Seul l'homme sage sortira de ce tombeau. »

Derrière lui, tu distingues une porte condamnée par un lourd battant de pierre. Le gardien se met en garde, prêt à t'envoyer dans l'autre monde.

— *Le combat est inévitable.*

LE GARDIEN DE LA PORTE 1

Force de combat : **14**

Equip^{t} : glaive [Puissance + 2]

— *Si tu es vainqueur, une porte s'ouvre sur une cour intérieure du bâtiment : va au* **92**.

92 Un arbre blanc dépourvu de feuilles s'élève au centre de la cour.

« Triomphe de l'énigme et tu vaincras le gardien, dit une voix provenant de l'arbre.

Sans couleur et sans robe, je demeure inflexible,
Car mes bras pénètrent le Ciel comme la Terre,
Qui suis-je ? »

— *Si tu réponds : "tu es la sagesse", va au* **94**. *Si tu réponds : "tu es la pluie", va au* **93**. *Si tu réponds : "tu es ce que tu es", va au* **97**. *Si tu préfères retourner dans la pièce d'où tu viens, va au* **91**.

93 Pendant un instant, tu attends un commentaire de la part de cette voix mystérieuse. Perdant patience, tu te remets en mouvement lorsque tu l'entends à nouveau :

« La clairvoyance triomphe des ténèbres, mais…
Toute erreur s'avère fatale…
Retourne d'où tu viens et affronte ton destin… »

— *Si tu es certain de ta réponse, va au* **99**. *S'il te reste un doute, tu peux recommencer, va au* **92**.

94 La voix ne tarde pas à se manifester. Mais son timbre a changé. Elle est légèrement nasillarde et te rappelle curieusement quelqu'un…

« Contournaré obstaclus malum est
Sed persevare débilum…
… tu piges ? »

Tu t'interroges sur le sens de cette déclaration… — *Si tu es certain de ta réponse, va au* **99**. *S'il te reste un doute, tu peux encore recommencer, va au* **92**.

95 Tu couvres de baisers les mains de la créature captive : soudain, sa peau se fait moins souple sous tes lèvres, ses doigts se flétrissent et se couvrent de taches brunes. Ecœuré, tu bondis en arrière pour observer l'épouvantable mutation qui est en train de se produire. Là où se tenait l'être aimé se dresse à présent un monstre aux dents acérées. Il fait claquer un fouet de cuir tressé dans ta direction.

BEKHOTYDES 1

Force de combat : **14**

Equipt : fouet [Adresse + 2]

— Si tu terrasses le gardien, tu réussis à sortir de la maison : va au **97**.

96 Une douleur fulgurante te déchire les entrailles : tu parviens à recracher des morceaux de nourriture empoisonnée mais il est déjà trop tard. Tu t'effondres en proie à d'atroces convulsions… — *Va à l'écran* **P** *(p. 159).*

97 Tu rejoins la porte condamnée : le corps du gardien git sur le sol. Tu t'assures par quelques coups bien placés que la créature ne reviendra pas à la vie. La porte de pierre est ouverte et tu retrouves la lumière du jour. Chiron et ses compagnons t'accueillent en poussant des cris de joie.

« Aujourd'hui est jour de fête car tu as triomphé des pièges tendus par les *Ostres.* Le peuple des Centaures reprend espoir ! Mène ta quête avec sagesse : nos ennemis usent de formes multiples pour nous détruire. Méfie-toi de l'apparence des choses… »

Les Centaures dressent un somptueux banquet en ton honneur. En cette douce soirée, la fête bat son plein à la villa Chiron. Au petit matin, tu reprends ta route. — *Retourne à l'écran* **E** *(p. 148).*

98 Un couloir étroit et obscur mène à deux autres portes. — *Si tu empruntes la porte qui s'ouvre à ta gauche, va au* **89**. *Si tu empruntes celle qui s'ouvre en face de toi, rends-toi au* **90**.

99 En proie à une vive panique, tu constates que le gardien est de nouveau en vie. — *Retourne au* **91**.

LES BOIS ENCHANTÉS DES DYONISIAQUES

100 Bien qu'un vent léger balaye le jardin, les branches de l'arbre s'agitent frénétiquement. Soudain, le tronc se met à frémir : deux yeux effrayés et une large bouche s'ouvrent dans l'écorce.

« Arrière, *Ostre* ! Ne t'avise pas de me frapper avec ta hache ! Pitié ! Au secours !

— Je ne te veux aucun mal et je n'ai pas vraiment le temps de jouer au bûcheron, répliques-tu. Il y a eu des problèmes avec les *Ostres* dans le coin, on dirait ?

— Tu ferais mieux d'interroger le stupide reptile qui traîne dans les parages. Il sait tout mieux que tout le monde, celui-là ! »

Impatient de rencontrer quelqu'un qui puisse te renseigner, tu suis la direction que t'indique ton interlocuteur… — *Va au* **108**.

101 Une jeune fille éblouissante avance à pas pressés, semant derrière elle un léger parfum fleuri. Tout à coup, une meute braillarde de créatures aux têtes cornues et aux corps de bouc jaillit de derrière les rochers et se précipite à sa rencontre. Saisie de terreur, la nymphe s'enfuit en hurlant.

« Sauve qui peut ! Les satyres ! »

« À l'assaut ! Une nymphe ! » répondent en chœur les monstres avant d'éclater d'un rire tonitruant.
— *Si tu viens au secours de la nymphe, va au* **105**. *Si tu te gardes d'intervenir, va au* **112**.

102 Une voix autoritaire brise l'harmonie délicate du jardin. Effrayée, une nuée d'oiseaux jaillit de la cime des arbres…

« Quatre fois centenaire et gardien de ces lieux sacrés, moi, le chêne le plus haut de cette forêt, je t'ordonne de te prosterner ! »
Devant toi, tu ne vois pourtant qu'un modeste arbuste agité de soubresauts. — *Si tu souhaites donner une bonne leçon à cet arbuste mégalomane, va au* **115**. *Si tu préfères le mépriser et passer ton chemin, va à l'écran* **H** *(p. 151).*

103 Une plainte déchirante brise le silence. En approchant, tu découvres une nymphe au regard affolé prise au piège des racines de l'arbre.

« Aide-moi ! Cette maudite racine s'est refermée sur ma cheville ! » — *Si tu essayes de la délivrer, tu dois rompre la racine en faisant* ***15 ou plus [Bonus : Puissance]***. *Si tu réussis, va au* **116**. *Si tu échoues ou si tu passes ton chemin, retourne à l'écran* **H** *(p. 151).*

104 Une créature difforme vacille maladroitement sur ses jambes de bouc en balançant sa tête cornue. Il s'approche de toi en tirant d'une flûte à sept tubes des sons discordants.

« Hips ! Saaalut à toi, gai compagnon ! Tu ne profites

pas de la fête ? Tu devrais venir goûter ce petit vin-là… Il est pas maaal du tout ! Hips ! » — *Si tu suis ce satyre visiblement ivre comme une barrique, va au* **113**. *Si tu déclines l'invitation, retourne à l'écran* **H** *(p. 151).*

105 N'écoutant que ton courage, tu t'interposes entre la fugitive et ses poursuivants. Aussitôt, les satyres interrompent leur course, interloqués. L'un d'eux pointe un index accusateur dans ta direction.

« Dis-moi, le nouveau venu : tu ne prétends pas nous empêcher de poursuivre les nymphes ? Tu n'aurais pas l'intention de nous voir abandonner une de nos plus anciennes traditions ? »

Abasourdi, tu entends la voix de la jeune fille s'élever derrière toi.

« Mais de quoi se mêle cet humain ? Rabat-joie ! Aigri ! Frustré ! »

Décontenancé, tu t'écartes pour laisser les satyres et la nymphe reprendre leur jeu insolite. — *Va au* **112**.

106 Onk ! Le front orné d'une bosse impressionnante, un singe en habit de grand prêtre de Zeus décrit une série de loopings. Il saute de branche en branche, atterrit souplement devant toi et enchaîne un triple salto arrière. Il t'adresse un regard effaré avant de gravir à nouveau le tronc et de disparaître dans le feuillage. Hébété, tu restes un moment immobile à scruter la cime de l'arbre, un sourire stupide plaqué sur ton visage. Tu réalises soudain que le singe t'as fait les poches au passage… — *Retire un objet de ton choix de ton équipement et retourne à l'écran* **H** *(p. 151).*

107 Enlacées aux solides branches d'un chêne, des lianes épaisses se balancent au gré du vent léger qui balaye le jardin. — *Si tu grimpes à l'arbre en t'accrochant aux lianes, va au* **117**. *Sinon, va à l'écran* **H** *(p. 151).*

108 Un lézard humanoïde et translucide se prélasse sur un rocher brûlant de soleil. Il s'adresse à toi de sa voix nasillarde.

« Et alors demi-portion… Kêke chose cloche ? T'as drôlement changé depuis *Atlantis* ! Kêke chose à dire à ton vieux copain Zard ? Depuis quand on cause aux arbres ? T'es p't-être un peu fatigué, c'est ça ?

— Mais c'est… l'arbre tout à l'heure qui…

— Bien sûûûr… J'pense surtout que tu prends tout ça un peu trop au sérieux… Ce jardin grouille de mirages, tu peux me croire : en tout cas, moi, j'vais pas moisir ici et tu d'vrais en faire autant. J'me permets de t'rappeler que l'humanité a disparu et que les dieux sont dans le cirage. En bref : LE SORT DE L'UNIVERS EST… QUAND MÊME… UN PETIT PEU… ENTRE TES MAINS ! »

Le lézard se met à crépiter en passant par toutes les couleurs de l'arc-en-ciel puis disparaît en un clin d'œil. Perplexe, tu poursuis ton chemin… — *Retourne à l'écran* **H** *(p. 151).*

109 Le galet sur lequel tu viens juste de poser le pied s'anime subitement, en proie à une rage incontrôlable. Il vocifère d'une voix stridente qui te déchire les tympans :

« Tu ne pourrais pas regarder où tu marches, espèce de brute épaisse ? Ça t'arrive souvent de piétiner les honnêtes gens ? Oh, mais tu sais que ça peut te mener loin tout ça ! J'en parlerai à qui de droit, moi ! J'ai le bras long, jeune homme ! Hé, ho ! Tu m'écoutes, peau d'bouc ? » Excédé par cet interminable monologue, tu empoignes le galet et l'expédies dans un arbre touffu. Un cri lointain résonne parmi les cimes des arbres : il semblerait que ton tir ait fait mouche… — *Va au* **106**.

110 Des cris suraigus à peine perceptibles retentissent près de l'impressionnant monolithe.
« Au secours ! Il y a quelqu'un ? Pitié, Je suis coincé ! »
Pour faire basculer la pierre dressée, tu dois faire ***20 ou plus*** ***[Bonus : Puissance].*** *— Si réussis, va au* **118**. *Si tu échoues, ou si tu préfères passer ton chemin, retourne à l'écran* **H** *(p. 151).*

111 Alors que tu avances paisiblement dans cette nature accueillante, la serre d'un rapace se referme sur un de tes bras. Une douleur insurmontable t'arrache un hurlement de bête. Incapable de te dégager, tu fixes avec terreur le démon mi-femme mi-oiseau qui te retient captif. Dissimulée parmi les feuillages, elle déploie tous ses efforts pour t'entraîner dans sa tanière…

HARPIE **1**
Force de combat : **15**
Equip^{t} : aucun

— Si tu es vainqueur, retourne à l'écran **H** *(p. 151).*

112 Poursuivants et fugitives disparaissent parmi les bosquets touffus. En quelques secondes, les cris d'effroi des nymphes se changent en fous-rires irrépressibles qui se mêlent au chahut des satyres. Interloqué, tu poursuis ta route… — *Va à l'écran* **H** *(p. 151).*

113 Tu pénètres dans unc vaste clairière circulaire où se déroule une fête délirante. Faunes, satyres et nymphes dansent, chantent et s'abreuvent dans une cacophonie indescriptible. Assis sur un trône taillé à même le roc, un satyre hideux à la barbe et à la chevelure négligées observe la scène d'un regard bienveillant. Il lève vers toi une coupe de vin.

« Hé, mais qui voilà ? La *Légende* ! Savoure les instants que tu passeras parmi nous : des périls effroyables t'attendent sur la route qui t'amènera aux Enfers. Tiens, voici le présent que t'offre mon peuple en gage de la confiance qu'il place en toi… Maintenant, profite de la fête ! »
Il te tend un rameau d'or avant de sauter de son siège pour rejoindre les convives dans une danse endiablée.

— *Ajoute le sticker* **Rameau d'Or** *(n°6 p.163) à ton équipement. Après t'être diverti, quitte le jardin pour retourner à l'écran* **E** *(p. 148).*

114 Des piaillements aigus s'échappent d'un large massif de fleurs parfumées. Tu te frayes un passage parmi de hautes orchidées jusqu'à un nid où se serrent une volée d'étranges oisillons à tête humaine. Emu par la détresse de ces chétives créatures, tu cherches dans ton équipement de quoi les nourrir. Aussitôt, un cri strident résonne au-dessus de toi : un rapace pourvu d'un visage et d'une poitrine de femme fond sur toi…

HARPIE **1**
Force de combat : **15**
Equip^{t} : aucun

— *Si tu es vainqueur, retourne à l'écran* **H** *(p. 151).*

115 Tu toises avec dédain le ridicule arbrisseau et le remets brutalement à sa place.

« Tu t'es regardé, p'tit nain ? À ta place, je la mettrais en veilleuse : les bûcherons pullulent dans le secteur !

— Tu n'as donc rien compris ? Tu n'as pas encore appris à te méfier de l'apparence des choses ? Désormais, tu sauras que TOUT est relatif… Pauvre *Légende* ! »

Un éclair bleuté jaillit de sa ramure et tu ressens une impression effroyable : en un instant, tu es réduit à la taille d'un insecte.

Perdu dans une profonde forêt de brins d'herbe au pied de l'arbuste devenu colossal, tu contemples avec horreur la gigantesque mante religieuse qui s'apprête à te dévorer ! — *Va à l'écran* **P** *(p. 159).*

116 La racine se rompt dans un craquement libérateur. Éperdue de reconnaissance, la nymphe frotte sa cheville douloureuse en souriant.

« Seras-tu à la fête de Pan, tout à l'heure ? Tu es invité, bien sûr ! Tout le monde est le bienvenu ! Je compte sur toi, hein ? »

Elle se redresse gracieusement avant de s'éloigner en chantonnant… — *Retourne à l'écran* **H** *(p. 151).*

117 Pour qui te prends-tu ? Pour Tarzan ? Incapable de contrôler ta trajectoire, tu traverses à toute vitesse un bosquet touffu, heurtant de plein fouet une silhouette vague, et éparpilles une nuée d'oiseaux au passage. Tu émerges de cet enfer couvert d'épines : parvenue en bout de course, la liane se brise et tu retombes lourdement sur le plancher des vaches. — *Va au* **106**.

118 Mobilisant toutes tes forces, tu réussis à faire basculer la lourde pierre. Un satyre hideux se relève avec difficulté en étirant ses membres déformés par la pression titanesque du monolithe.

« Je ne les ai pas vu arriver ces maudites harpies : à combien ont-elles pu s'y mettre pour me lâcher un tel caillou sur le crâne ? Ça fait des heures que j'appelle à l'aide ! Je connais mes frères sylvains : toujours partisans du moindre effort. Tout juste bons à s'enivrer, à courir la nymphe et à souffler dans leurs maudites flûtes ! Bon, faut que je file, moi. La fête de Pan a dû commencer et je ne voudrais pas manquer ça ! » — *Va à l'écran* **H** *(p. 151).*

LES FORGES D'HÉPHAÏSTOS

119 Au-dessus de la lourde porte de métal verrouillée par une serrure à combinaison, un poème est gravé dans une plaque de bronze.

« *Sans hâte, réfléchis : ces murs sont las d'attendre.*
Tremble si tu échoues, c'en serait fait de toi.
Tenailles et marteaux pourraient bientôt t'apprendre
Qu'à tricher en ces lieux on ne triomphe pas. »

La muraille d'airain s'élève à pic au-dessus de toi. — *Si tu résouds cette énigme, va au numéro correspondant. Si tu escalades la façade, va au* **135**. *Sinon, retourne directement à l'écran* **E** *(p. 148).*

120 À peine as-tu atteint le chemin de ronde que deux guerrières en armes vêtues de peaux de bêtes surgissent d'une tour de guet. Elles te mettent en joue avec leurs arcs en hurlant, visiblement aussi effrayées que toi.

« Lâche ton arme ! Les mains en l'air ! » — *Si tu essaies de négocier ta reddition auprès de ces amazones, va au* **126**. *Si tu combats, va au* **127**. *Si tu rejoins l'escalier pour courir te dissimuler dans la forge, va au* **128**. *Si tu sautes dans le vide, va au* **137**.

121 Couchées en position de tir, deux amazones montent la garde face à d'étroites meurtrières. Aussitôt

qu'elles t'aperçoivent, elles dirigent leurs arcs dans ta direction. — *Si tu plonges par-dessus la rambarde pour rebrousser chemin, va au* **137**. *Si tu dégaines ton épée pour défendre ta vie face à ces amazones, va au* **127**.

122 Tu pénètres dans la tourelle fortifiée. Dans une semi-obscurité, trois catapultes se dressent face à de hautes meurtrières, prêtes à propulser d'énormes rochers sur d'éventuels ennemis. Au moment où elles t'aperçoivent, deux amazones se précipitent vers un des engins de mort pour le faire pivoter dans ta direction… — *Pour éviter le monstrueux projectile, tu dois faire* ***10 ou plus [Bonus : Adresse]****. Si tu réussis, va au* **128**. *Si tu échoues, la lourde pierre te percute de plein fouet : va à l'écran* **P** *(p. 159).*

123 Devant toi s'étend un labyrinthe de cuves, de haut-fourneaux, de canalisations et de silos. Sur ta gauche, un escalier de bois monte vers le chemin de ronde qui parcourt le mur d'enceinte. Pour l'instant, aucune sentinelle n'est visible… — *Si tu veux t'enfoncer* *dans le dédale de la forge, jette un dé. Si tu fais 1, va au* **124**. *Si tu obtiens 2, 3 ou 4, va au* **136**. *Si tu fais 5, va au* **130**. *Si le résultat est 6, va au* **131**. *Si tu préfères monter jusqu'au chemin de ronde, va au* **120**.

124 Tes pas te mènent vers un bâtiment aux murs de bronze chauffés à vif. Tu approches discrètement de la porte et jettes un œil à l'intérieur : deux colosses ruisselants de sueur s'affairent autour de cuves d'où s'écoule du métal en fusion. L'un des géants tourne lentement sa tête dans ta direction et fixe sur toi un œil unique et exorbité de surprise. Il alerte son compagnon d'un grognement bestial. Aussitôt, les deux cyclopes se précipitent vers toi. — *Le combat est inévitable.*

CYCLOPES **2**

Force de combat : **22**

Equip^{t} : aucun

— *Si tu es vainqueur, poursuis ta visite de la forge au* **136**. *Si tu échoues, les cyclopes te livrent à un groupe de guerrières en armes : va au* **125**.

125 De lourdes chaînes passées autour de tes poignets, tu es conduit au centre de la forge auprès d'Héphaïstos le forgeron. Assis sur un trône de bronze aux côtés de sa femme Aphrodite, le dieu boiteux fait signe aux gardes de se retirer.

« Tu as prouvé par tes actes passés ta volonté de te battre à nos côtés. Les dieux ont été chassés par un adversaire dépourvu d'honneur, usant de traîtrise et de fourberie. Ils

sont aujourd'hui prisonniers des Enfers. Seuls quelques bastions comme le nôtre résistent encore mais cette lutte est vaine : tant qu'un héros n'aura pas retrouvé une des reliques sacrées, la victoire ne pourra nous revenir. Nos machines de guerre ne sont que des jouets dérisoires face à la puissance de nos envahisseurs. »
Aphrodite te tend alors un flacon rempli d'un liquide violet et prend à son tour la parole.

« La relique se trouve sur une des îles du fleuve Okeanos, protégée par une créature redoutable. Ce charme te permettra d'en venir à bout. »
Une escorte d'amazones t'accompagne jusqu'au sommet du mont Olympe. Avant de rebrousser chemin, leur chef te tend une corde pour sceller votre alliance éternelle. — *Ajoute à ton équipement le sticker* **Corde des Amazones** *(n° 8, p. 163), puis retourne à l'écran* **E** *(p. 148).*

126 Terrorisé, tu essayes de garder ton calme. Gardant les mains levées au-dessus de ta tête, tu parviens à bredouiller quelques mots…

« Je ne viens pas en ennemi ! C'est pour… Vous savez… La mission ! Non ! Ne… Ne tirez pas ! »
La plus grande des guerrières riposte avec dédain, le poing crispé sur la poignée de son arc.

« Tous ceux de ta race prennent l'apparence de valeureux héros ! Ce n'est que lorsqu'ils ont acquis notre confiance qu'ils reprennent leur véritable aspect et sèment dans la forge la mort et la désolation ! Pas de pitié pour les traîtres et les tyrans ! »
Elle relâche sa prise sur la corde de son arc et une flèche

affilée vient siffler à tes oreilles. — *Si tu sors ton épée pour te défendre, va au* **127**. *Si tu plonges dans le vide pour échapper aux amazones, va au* **137**.

127 Tu t'élances vers tes ennemies pour provoquer le combat au corps à corps. Incapables d'utiliser leurs arcs, elles empoignent les haches de combat qui pendaient à leurs ceintures.

AMAZONES **2**

Force de combat : **10**

Equip^{t} : hache [Puissance + 4]

— *Si tu l'emportes, retourne à la coursive au* **133**.

128 Furieuses de t'avoir manqué, les guerrières tirent de leurs ceintures des haches de combat étincelantes. — *Le combat est inévitable.*

AMAZONES **3**

Force de combat : **10**

Equip^{t} : hache [Puissance + 3]

— *Si tu es vainqueur va au* **132**.

129 Le projectile mortel manque de peu le groupe de rapaces. Aussitôt, ils se précipitent à tire-d'aile vers la tourelle où tu t'es retranché. Leur becs et leurs serres acérés ont tôt fait de percer une large brèche dans ton abri. Tes ennemis s'y engouffrent par dizaines : malgré les coups que tu distribues dans ta rage à survivre, tu es rapidement submergé… — *Va à l'écran* **P** *(p. 151).*

130 Faiblement éclairé par le rougeoiement du haut fourneau qu'il est chargé de surveiller, un cyclope aux traits répugnants est en train de ronger un os de taille respectable. À peine as-tu posé un pied à l'intérieur du bâtiment qu'il se rue sur toi en brandissant son déjeuner en guise d'arme.

CYCLOPE **1**
Force de combat : **22**
Equip^{t} : os [Puissance + 1]

— Si tu es vainqueur, reprends ta visite de la forge : va au **138**.

131 En te glissant le long d'un bâtiment, tu tombes nez à nez avec une guerrière vêtue d'une peau de bête. Elle tire un glaive de sa ceinture et lève devant elle un bouclier en forme de demi-lune. *Le combat est inévitable.*

AMAZONE **1**
Force de combat : **12**
Equip^{t} : glaive [Puissance + 3]

— Si tu l'emportes, poursuis ta visite de la forge au **136**.

132 Un sinistre concert de croassements s'élève à l'extérieur de la forteresse. Intrigué, tu passes la tête par l'une des ouvertures. Surgissant de nulle part, une nuée de rapaces métalliques s'abat sur la forteresse. Les monstres ailés s'attaquent à la paroi à coups de bec et de serre. Aussitôt, le chemin de ronde se met à grouiller

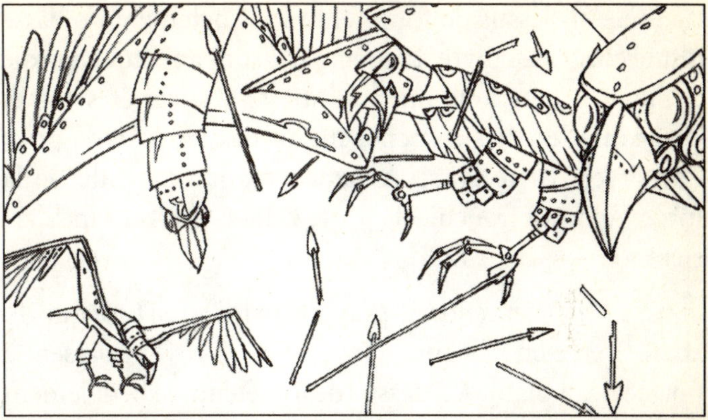

d'amazones déchaînées. Avec l'énergie du désespoir, elles tentent de repousser l'invasion en décochant une pluie de flèches sur leurs ennemis. — *Si tu tentes de défendre la forteresse en utilisant une des catapultes de la tourelle fortifiée, tu dois faire* ***12 ou plus pour parvenir à tirer en arrière le bras de l'engin [Bonus : Puissance].*** *Si tu réussis va au* **139**. *Si tu échoues, va au* **129**. *Si tu préfères profiter de la confusion pour emprunter à nouveau le chemin de ronde et pénétrer dans la forge, va au* **123**.

133 La coursive est à nouveau déserte, mais votre lutte sauvage a probablement alerté d'autres sentinelles. — *Si tu te diriges vers la tour de guet, va au* **121**. *Si tu préfères inspecter la tour fortifiée, va au* **122**. *Si tu redescends vers la forge en empruntant l'escalier qui t'as mené au chemin de ronde, va au* **123**.

134 D'invisibles rouages se mettent en branle en grinçant dans les profondeurs métalliques de la porte. Les lourds battants s'écartent avec une lenteur majestueuse. Au-dessus de toi retentit le beuglement de basse d'une corne de cuivre. Les remparts sont aussitôt en proie à une vive agitation : une multitude de guerrières vêtues de peaux de bêtes se penchent au-dessus du vide pour t'observer. Tu te glisses vivement dans l'enceinte de la forge. Aussitôt franchie, la porte colossale se referme derrière toi. — *Va au* **123**.

135 Tu entreprends de gravir la paroi aussi lisse que du verre en t'agrippant aux rares rivets qui passent à portée de ta main. Au-dessus de toi retentit le beuglement de basse d'une corne de cuivre. Les remparts sont aussitôt en proie à une vive agitation : une multitude de guerrières vêtues de peaux de bêtes se penchent pour t'observer. Deux sentinelles font basculer au-dessus du vide un chaudron de bronze. Tu constates avec effroi que tu es trop haut pour pouvoir faire demi-tour.
— *Tu dois faire* ***12 ou plus [Bonus : Adresse + Escalade]*** *pour parvenir sur le rempart et aller au* **120**. *Sinon, une pluie de métal en fusion t'engloutit, va à l'écran* **P** *(p. 159).*

136 Des coursives tortueuses serpentent entre les bâtiments aveugles, débouchant sur des culs-de-sac ou des croisements qu'il te semble avoir vu des dizaines de fois… Ton sens de l'orientation est mis à rude épreuve. — *Jette 2 dés. Si tu obtiens un double 1, va au* **124**. *Si le résultat est supérieur à 8, va au* **131**. *Sinon, va au* **138**.

137 Tu enjambes les créneaux sous une pluie de flèches. *Pour te réceptionner au bas des murailles, tu dois faire* ***10 ou plus [Bonus : Adresse].*** — *Si tu réussis, retourne à l'écran* **E** *(p. 148). Si tu échoues, la chute t'est fatale. Va à l'écran* **P** *(p. 159).*

138 Tu es complètement désorienté. Tu ne croises que des portes fermées et des passerelles branlantes qui enjambent des rivières de métal incandescent… — *Jette 3 dés. Si tu fais triple 1, va au* **124**. *Si le résultat est inférieur à 7, va au* **130**. *Si tu fais plus de 13, va au* **136**. *Sinon, retourne au* **123**.

139 Tu orientes la catapulte en direction d'un groupe de rapaces et coupes la corde qui retient l'énorme projectile de pierre. Frappés de plein fouet, les volatiles s'éparpillent dans une pluie de plumes métalliques. Les amazones postées sur le chemin de ronde décochent une volée de flèches mortelles vers les derniers survivants. Soudain, une dizaine de guerrières font irruption dans la tour fortifiée. Incapable d'affronter autant d'ennemis d'un seul coup, tu lèves les mains au-dessus de ta tête en signe de reddition. — *Va au* **125**.

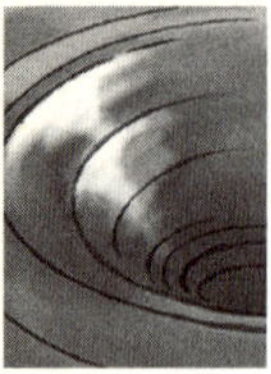

LE FLEUVE OCÉANUS

140 Avec une soudaineté prodigieuse, les flots qui berçaient ton embarcation se déchaînent. Les vents hurlent, faisant jaillir de terrifiantes lames de fond des profondeurs ténébreuses. Par miracle, tu parviens à rejoindre un rivage inconnu à la faveur d'un court répit des éléments. Sur la plage, un homme est assis devant un orgue démesuré, occupé à parcourir un épais recueil de partitions. La tempête se déchaîne à nouveau au moment où il plaque ses mains sur le clavier… — *Si tu interpelles le musicien, va au* **145**. *Sinon, reprends la mer et retourne à l'écran* **J** *(p. 153).*

141 Les deux énormes rochers flottent dans les airs avec autant de légèreté qu'un brouillard d'embruns. À mesure que tu navigues dans leur direction, ils se rapprochent lentement de la surface de l'eau. *Pour éviter d'être écrasé par ces deux îlots de granit, tu dois faire* ***12 au moins [Bonus : Adresse + Connaissance].*** *— Si tu parviens à éviter le danger, retourne à l'écran* **J** *(p. 153). Si tu échoues, ton embarcation est réduite en miettes et tu te réveilles à l'écran* **P** *(p. 159).*

142 Tu longes les côtes de l'île en prenant garde à ne pas t'aventurer trop près de l'abîme. Son littoral est hérissé de récifs mortels qui rendent toute tentative d'accostage extrêmement périlleuse. Tout à coup, un gigantesque monstre marin jaillit des flots provoquant des remous spectaculaires. Tu manques d'être précipité dans le tourbillon menaçant. Après quelques secondes, la créature réapparaît. Sa gueule fétide s'ouvre sur des rangées de dents aussi longues que des sabres. — *Si tu veux combattre, va au* **149**. *Si tu possèdes le flacon remis par Aphrodite, va au* **146**. *Si tu essaies de fuir, va au* **151**.

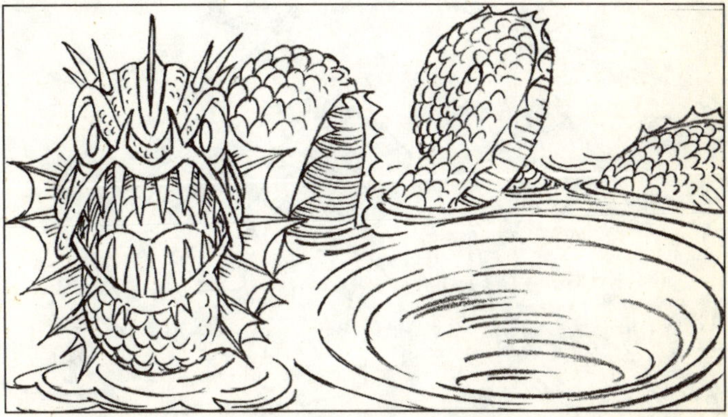

143 Des sirènes lascivement allongées sur ces vestiges entonnent un chant envoûtant. Malgré la beauté de cette mélodie, tu sens soudain ton attention se relâcher et ta volonté t'abandonner. *Pour ne pas succomber au piège des sirènes, tu dois faire* ***11 ou plus [Bonus : Perception]***. — *Si tu réussis à leur échapper, va au* **147**. *Si tu échoues, ton embarcation s'échoue contre les ruines où les sirènes te dévorent : va à l'écran* **P** *(p. 159).*

144 Tu abordes l'antique épave de bois. Le pont à demi effondré est jonché de cadavres. Mortellement blessé, un robuste guerrier est adossé aux vestiges d'un mat. Il balaye d'un regard triste la scène macabre qui l'entoure. Délicatement, tu soutiens sa nuque…

« Nous avons fait tout ce que nous pouvions pour chasser l'envahisseur. Mes compagnons… Thésée, Jason, Orphée, Achille… sont tombés… Moi, Héraklès, je vais mourir à mon tour. Tu deviendras alors le dernier espoir de ce monde. Tu dois continuer et réussir… »

Sans un mot, tu serres la main immense du demi-dieu à l'agonie. Dans un dernier sursaut, son visage s'éclaire, comme apaisé.

« *Légende*… donne-nous des funérailles de guerrier…»
La lourde tête du héros tombe lentement sur sa poitrine. En silence, tu prépares les champions pour leur ultime voyage. Dans la bouche de chacun d'eux tu déposes une pièce d'or, prix du passage dans le royaume des défunts. — *Retourne à l'écran* **J** *(p. 159).*

145 L'homme tourne son visage bouffi et articule des paroles inaudibles : le hurlement du vent couvre sa voix. — *Pour comprendre ses paroles, tu dois faire* ***10 ou plus [Bonus : Perception]****. Si tu réussis, va au* **153**. *Sinon, reprends la mer en retournant à l'écran* **J** *(p. 153).*

146 Tu débouches le flacon et attends le moment propice pour vider son contenu dans la gueule du monstre. Une métamorphose stupéfiante s'opère devant tes yeux incrédules : une ravissante jeune femme a fait place au monstre. Tu la hisses à bord et elle te manifeste aussitôt sa gratitude.

« Je suis Charybde. Et toi, quel est ton nom ? Après tant d'années, me voilà libérée de l'enchantement où m'avait cloîtré la jalousie de la déesse Aphrodite. Je ne saurai jamais assez te remercier… »
Charybde te mène jusqu'à une crique où tu parviens à accoster ton bateau. Elle t'invite à te reposer un moment dans sa grotte. Avant que tu ne reprennes ta traversée, elle te tend un arc magnifique en cadeau d'adieu.

— *Ajoute à ton équipement le sticker* **Arc d'Odysseus** *(n° 9 p. 164), puis retourne à l'écran* **J** *(p. 153).*

147 Ta barque heurte les ruines et les sirènes en profitent pour te tirer à elles. Leurs griffes qui déchirent tes chairs te font reprendre tes esprits…

SIRÈNES	**3**
Force de combat : **25**	
Equip^{t} : aucun	

— *Si tu es vainqueur, va au* **152**.

148 Le courant t'emporte vers le profond tourbillon sans que tu parviennes à modifier la course de ton embarcation. — *Pour échapper au tourbillon, tu dois faire* ***20 ou plus [Bonus : Adresse + Connaissance].*** *Si tu réussis, le tourbillon te rejette au loin et tu retournes à l'écran* **J** *(p. 153). Si tu échoues ou que tu te laisses avaler par l'épouvantable gouffre, va au* **150**.

149 La créature balance sa tête dans tous les sens, balayant la surface des flots pour happer ton embarcation. Tes armes sont dérisoires face à ce monstre de légende…

CHARYBDIS	**1**
Force de combat : **35**	
Equip^{t} : aucun	

— *Si tu l'emportes, la créature s'abat lourdement dans les flots en projetant ton bateau vers le grand tourbillon : va au* **148**.

150 Ton cœur se soulève au moment où tu bascules dans le gouffre sans fond. Une créature monstrueuse se saisit de ta barque comme d'un jouet et la porte à sa gueule, cachée au cœur de ses tentacules. Ta situation est désespérée : tu saisis ta dernière chance en essayant de plonger au cœur du tourbillon pour échapper au Kraken. —*Tu dois faire* ***11 ou plus [Bonus : Adresse].*** *Si tu réussis, tu es aspiré jusqu'à l'écran* **O** *(p. 158). Sinon, tu es dévoré par le monstre. Va à l'écran* **P** *(p. 159).*

151 Trop tard : les mâchoires du monstre se referment, broyant sans discernement barque et équipage. — *Va à l'écran* **P** *(p. 159).*

152 Dans les vestiges, tu découvres une ouverture où s'enfonce un escalier couvert d'algues brunes. Une écœurante odeur de poisson s'élève des profondeurs. Une large étendue d'eau s'étend au pied des marches. — *Si tu y plonges, va au* **220**. *Sinon, reprends ta traversée à l'écran* **J** *(p. 153).*

153 Tu parviens à saisir des bribes des paroles hurlées dans la bourrasque par le compositeur infernal.

« … pas le temps, …ende ! …uis Éole, …eu des Vents, et je prép… la …ête qui t'…era aux Enfers ! Ne …ains pas d'…ler …ers le tourbillon ! »

Éole se penche à nouveau sur ses orgues délirantes.

— *Retourne à l'écran* **J** *(p. 153).*

L'ÎLE DES FEMMES OISEAUX

154 Une femme magnifique t'attend au pied de la tour de pierre. Une forte odeur de porcherie règne autour du bâtiment et des grognements porcins résonnent dans les profondeurs de la terre.

« Dépêche-toi, *Légende.* Nous devons tenir notre conseil de guerre au plus vite. Les *Ostres* ont pris de l'avance ! » — *Si tu suis la femme, va au* **159**. *Si tu déclines l'invitation, va au* **164**.

155 De splendides tapisseries recouvrent les murs d'une maison taillée dansles racines. Une femme rayonnante est penchée sur une œuvre inachevée.

« *Légende* ! Que tu es bon d'avoir interrompu ta quête pour rendre visite à la pauvre Pénélope. Comment trouves-tu mon travail ? J'ai entrepris d'écrire l'histoire de notre monde. Là, c'est mon mari, Odysseus, lors d'un de ses fameux voyages. Ici, tu peux voir l'arrivée des *Ostres* et les tourments qu'ils nous ont fait endurer. Voici les champions, puis les dieux, vaincus par ces monstres sanguinaires… Je suis en train d'achever la tapisserie relatant la victoire de la *Légende.* Qui sait, peut-être tisserai-je tes traits sur ce visage encore inconnu… Je sais ce que tu cherches : les reliques sacrées ont été soigneusement dissimulées pour empêcher l'ennemi de s'en emparer.

Malheureusement, ce secret a été oublié. Elles se trouvent sur une de ces îles, mais seules les monstrueuses gorgones pourraient te renseigner… » — *Si tu continues à explorer cette île, retourne à l'écran* **K** *(p. 154). Sinon, reprends ton bateau si celle-ci est utilisable et va à l'écran* **J** *(p. 153).* 

156 Du haut de son perchoir, une femme-oiseau pose sur toi un regard inquisiteur.

« Un héros… Une *Légende*… Tu crois pouvoir changer quelque chose ? J'en ai vu défiler, des champions, et que sont-ils donc devenus ? Dans quels gouffres dorment-ils pour l'éternité ? Sous quelles puissantes armes ont-ils quitté ce monde ? De temps en temps, l'un d'entre eux vient demander l'aide de Médée, comme toi… Que veux-tu, jeune homme ? » — *Grâce à ses ailes, Médée peut te transporter sur n'importe quelle île, à l'écran* **J** *(p. 153),* **L** *(p. 155) ou* **M** *(p. 156). Si tu refuses, va à l'écran* **K** *(p. 154).*

157 Lorsque tu pénètres sous ces sombres branches, les feuilles sont prises d'étranges tremblements.

Tu constates avec horreur que la végétation se resserre autour de toi. Soudain, tu es giflé par une branche aiguë qui t'arrache un cri de douleur : tu te retournes pour assister à la métamorphose de trois buissons inoffensifs en autant de monstres répugnants.

OSTROBUISSONS **3**

Force de combat : **9**

Equip^{t} : aucun

— *Si tu es vainqueur, va au* **160**.

158 Ces boyaux creusés au cœur de l'arbre forment un réseau inextricable dépourvu de points de repères. En quelques minutes, tu es totalement désorienté. — *Jette un dé. Si tu fais 1, va au* **162**. *Si tu obtiens 6, va au* **161**. *Sinon, va au* **165**.

159 Ton guide te mène jusqu'à une salle à manger luxueusement meublée. Tu t'installes dans un confortable fauteuil devant des plats à l'odeur alléchante.

« Mon nom est Circée et je possède, disons… quelques pouvoirs magiques ! »

Ton hôtesse étouffe une petit rire cristallin avant de poursuivre :

« Nous devons nous unir pour l'emporter. Grâce à mes pouvoirs, nous pourrons prévoir et infléchir le cours de la guerre. Grâce aux tiens, nous déferons l'ennemi… Que penses-tu de ma proposition, *Légende* ? »

En attendant ta réponse, Circée pousse vers toi un plat succulent et remplit ton verre d'une liqueur parfumée.

— *Fais 10 ou plus [***Bonus : Perception***]. Si tu réussis, va au* **163**. *Si tu échoues, va au* **166**.

160 D'innombrables créatures fantastiques sortent de leurs cachettes au moment où tu envoies dans l'autre monde ton dernier ennemi. Toutes sortes de races sont représentées et tu es rapidement noyé sous les plumes et la fourrure. En chuchotant dans une langue inconnue, les êtres étranges te tirent par la main vers une vaste salle taillée au cœur du tronc et posent sur ton front une couronne de lauriers dorés. Bien que tu sois incapable de les comprendre, tu lis dans leurs yeux une reconnaissance sans bornes… — *Ajoute à ton équipement le sticker* **Lauriers de la Victoire** *(n°10, p. 164), puis retourne à l'écran* **K** *(p. 154).*

161 Au détour d'un intersection, tu te heurtes à une créature semblable à un buisson épineux qui tend vers tes yeux ses branches couvertes d'épines saillantes.

OSTROBUISSONS **1**

Force de combat : **9**

Equipt : aucun

— *Si tu es vainqueur, va au* **158**.

162 Tu retrouves enfin la lumière du jour. Épuisé, tu t'allonges un instant sur les rochers battus par les vagues. Une superbe nymphe émerge des eaux et vient s'agenouiller à tes côtés.

« *Légende* ! J'ai tant entendu parler de toi, de ton courage et de ta force ! Mon nom est Calypso. Ne crois-tu pas que tu as déjà suffisamment sacrifié ton existence ? Il est temps à présent que tu recueilles les fruits de ton héroïsme : reste vivre ici à mes côtés : tu me protégeras et je prendrai soin de toi… » — *Si tu acceptes, va au* **167**. *Si tu préfères reprendre ton voyage sur-le-champ, va au* **169**.

163 Tu portes la coupe à tes lèvres et avales une gorgée de liqueur. Aussitôt, tu détectes une amertume douteuse. Circée a essayé de t'empoisonner ! Tu recraches violemment le liquide et pointes un doigt menaçant sur la sorcière.

« Traîtresse ! Tu vas payer pour ta perfidie ! »

CIRCÉE **1**
Force de combat : **20**
Equipt : aucun

— *Si tu l'emportes, Circée se transforme en oiseau et s'enfuit en croassant. Tu peux retourner à l'écran* **K** *(p. 154).*

164 Une colère incommensurable déforme les traits de la femme.

« *Légende,* nous manquons de temps ! Suis-moi sans discuter : l'ennemi, lui, ne perd pas une seconde ! »
— *Si tu acceptes l'invitation de la femme, va au* **159**. *Si tu déclines à nouveau, retourne à l'écran* **K** *(p. 154).*

165 Impossible de te repérer parmi ces innombrables embranchements. — *Jette 2 dés. Si tu fais double 1, va au* **162**. *Si tu sors un 6, va au* **161**. *Sinon, va au* **168**.

166 Tu portes la coupe à tes lèvres et avales goulûment la liqueur délicieuse. Aussitôt, ton corps est secoué d'épouvantables convulsions. Alors que tu voudrais hurler, un grognement porcin s'échappe de tes lèvres. Incapable de tenir debout, tu prends la fuite à quatre pattes dans les escaliers escarpés de la tour. Le personnel des cuisines n'a aucun mal à te rattraper. Ton sort est peu enviable : devenu porc par quelque sortilège abominable, ta chair trônera dès ce soir sur la table de banquet de la sorcière Circée… — *Va à l'écran* **P** *(p. 159).*

167 Pris par le charme de cet endroit merveilleux, tu laisses filer les jours, les mois, les années… Tes jours tranquilles et sereins s'achèvent à un âge avancé aux côtés de la nymphe. Les habitants de l'île t'offrent des funérailles splendides… — *Voilà ce qui différencie une existence normale de celle d'une Légende. Après tout, peut-être n'étais-tu pas fait pour cette vie mouvementée. En tout cas, ton aventure s'achève ici… Il ne te reste plus qu'à tout recommencer en allant au…* **01**.

168 En proie à une vive panique, tu ne découvres pas la moindre issue ! — *Jette 3 dés. Si tu fais triple* **1**, *va au* **162**. *Si tu sors un 6, va au* **161**. *Sinon va au* **158**.

169 La nymphe fond en larmes. Elle se traîne à tes pieds en te suppliant de rester auprès d'elle. Elle est prête à t'offrir tout ce qu'elle possède pour jouir encore de ta compagnie et ne plus souffrir de son éternelle solitude. — *Si tu te laisses attendrir, va au* **167**. *Si tu restes inflexible, va au* **170**.

170 Amère, Calypso parvient à sécher ses larmes. La voix brisée, elle parle à voix basse en fixant l'horizon de ses yeux gris et las.

« Pourquoi mon destin est-il de rester solitaire ? Tu aurais pu régner sur mon île. Mais je sais maintenant que rien ne te détournera de ta quête. Prends mon bateau et suis ton destin. Puisse les flots te ramener à moi, un jour… » — *Retourne à l'écran* **J** *(p. 153).*

L'ÎLE DES CYCLOPES

171 Une brume légère enveloppe les gigantesques constructions, et tu ne distingues aucun moyen d'y accéder. — *Si tu escalades les colonnes, va au* **184**. *Si tu es venu ici grâce à Médée, va au* **172**. *Si tu es venu en bateau et si tu décides de repartir, va à l'écran* **J** *(p. 154).*

172 Après un survol périlleux de ce paysage, la magicienne te dépose dans l'enceinte de la structure. — *Va au* **174**.

173 Parvenu au sommet, tu constates que les immenses colonnes creuses sont remplies d'un épais liquide glauque. Une échelle métallique permet de descendre à l'intérieur de la structure. — *Si tu empruntes l'échelle, va au* **175**. *Si tu longes les tubes pour entrer dans la structure, va au* **174**.

174 Après une interminable descente, tu aboutis à une immense salle dont le dallage verdâtre forme un mystérieux motif. Certaines passages entre les colonnes mènent à des recoins obscurs, d'autres à des voies sans issue. — *Si tu te diriges vers les colonnes, va au* **178**. *Si tu préfères explorer les recoins, va au* **176**. *Si tu te penches avec insistance sur le motif, va au* **185**.

175 À un mètre au-dessus de la surface du liquide, une alcôve, où sont installés divers appareils électroniques, s'ouvre dans la paroi. Ces écrans et ces oscilloscopes affichent les rythmes biologiques de quelque créature inconnue. — *Si tu remontes, retourne au* **173**. *Si tu tentes de manipuler l'équipement électronique, va au* **177**.

176 Tu aboutis à une impasse. En posant le pied à l'extrémité du motif, tu sens ton corps se dissoudre. Quelques secondes plus tard, tu réintègres ton enveloppe corporelle dans un couloir obscur. Tu avances prudemment avant de te heurter à un éboulis qui bouche le passage. — *Si tu tentes de déplacer les pierres qui obstruent le couloir, va au* **186**. *Si tu préfères emprunter le couloir dans l'autre sens, va au* **190**.

177 Une voix grave grésille dans un haut-parleur au-dessus de ta tête.

« Quel plaisir prenez-vous à me torturer ? Est-ce tout ce que vous pouvez tirer de notre Énergie ? Rappelez-vous ce qu'en faisaient les Olympiens ! »

Tu te penches vers le micro qui te fait face et essaies de calmer ton invisible interlocuteur.

« Je ne suis pas ton ennemi. Je suis en quête pour libérer ce monde… »

— *Légende*, c'est toi ? Je suis Atlas, titan prisonnier des *Ostres*. Il te faut trouver la relique sacrée pour fermer le portail emprunté par nos ennemis. Il est situé au fond du gouffre du Kraken. Pour recueillir l'objet sacré qui te permettras d'y accéder, pénètre dans le tombeau des cyclopes, les bâtisseurs de cette forteresse. » — *Si tu tentes de délivrer Atlas en brisant sa prison, va au* **180**. *Si tu préfères poursuivre ton exploration de la forteresse, retourne au* **173**.

178 Tout ce qui t'entoure se dissout soudainement. Comme suspendu dans les airs, seul subsiste l'étroit chemin qui serpente autour des hauts tuyaux à une hauteur vertigineuse.
— *Pour éviter le faux pas qui te précipiterait dans le vide, tu dois faire* ***11 ou plus [Bonus : Adresse].*** *Si tu réussis, va au* **182**. *Si tu échoues, va au* **188**.

179 Alors que tu poses la main sur une des parois pour te guider, tu manques de basculer dans le vide : un pan entier de mur n'était qu'une illusion. Tes pas se font incertains sur les marches qui se dérobent, elles aussi immatérielles. Terrifié, tu prends conscience des pièges invisibles qui pourraient se refermer sur toi… — *Pour les éviter, tu dois faire* ***12 ou plus [Bonus : Perception].*** *Si tu réussis, va au* **191**. *Si tu échoues, va au* **189**.

180 La cuve se rompt sous les terribles coups que tu lui infliges, répandant les flots de liquide qu'elle renfermait. Emporté par le courant, tu heurtes des piliers qui se brisent à leur tour. — *Pour échapper à la noyade, tu dois faire* ***17 ou plus [Bonus : Adresse].*** *Si tu réussis, le courant te mène jusqu'à la grande salle : va au* **174**. *Si tu échoues, va à l'écran* **P** *(p. 159).*

181 Tu aboutis à une crypte obscure imprégnée d'une odeur de vase et d'algues putréfiées. De terrifiants cyclopes reposent dans des cercueils de basalte. En examinant les corps attentivement, tu constates qu'une respiration imperceptible soulève leurs poitrines. Au plus profond de la crypte, une statue de géant est dressée : ses yeux suivent chacun de tes mouvements. — *Si tu sors de la crypte, retourne au* **174**. *Si tu examines la statue de plus près, va au* **187**.

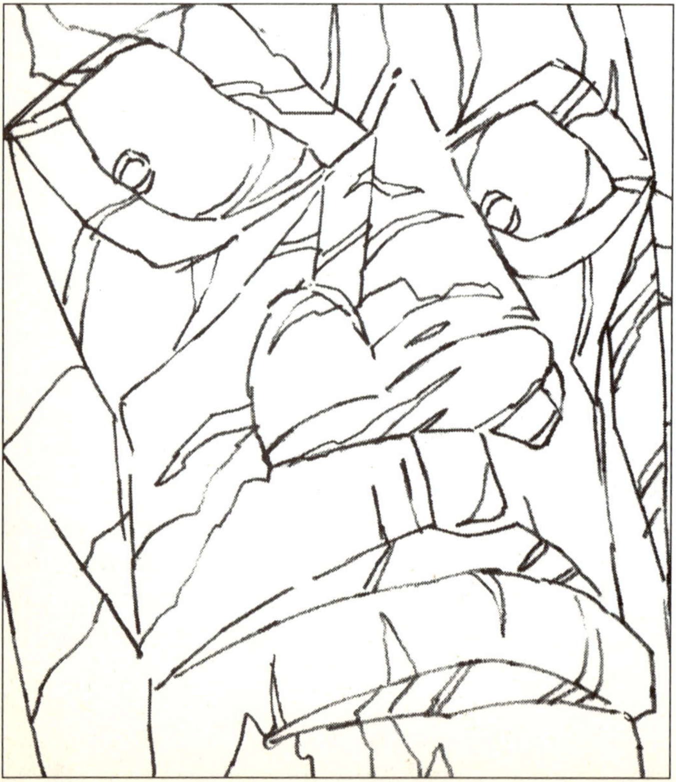

182 Japet, Kronos, Rhéa, Typhée, Hypérion... Les noms des célèbres titans s'étalent, gravés sur les tubes de pierre. Vaincus jadis par les Olympiens, ils reposent ici, plongés dans des tubes baignés de liquide nourricier qui les maintient en vie. Atlas flotte dans le dernier tube, un peu à l'écart de ses compagnons. — *Si tu descends dans le tube d'Atlas, va au* **175**. *Si tu tentes de détruire un des tubes, va au* **180**.

183 Tu aboutis à une vaste salle au centre de laquelle est posée une urne d'albâtre. Quatre géants en armes au regard vide braquent leurs lances dans ta direction. — *Si tu es prêt à combattre, va au* **192**. *Si tu préfères te rendre, va au* **194**.

184 La brume marine a rendu les blocs de pierre extrêmement glissants. — *Tu dois faire* ***12 ou plus [Bonus : Adresse + Escalader].*** *Si tu réussis, va au* **173**. *Si tu échoues, tu glisses jusqu'à la base du mur : va au* **171**.

185 Le motif est organisé autour d'un point central mais la complexité de l'ensemble rend sa lecture difficile. — *Pour déchiffrer le motif, tu dois faire* **14 ou plus [Bonus : Perception]**. *Si tu réussis, va au* **179**. *Si tu préfères suivre les trajectoires que tu as déjà identifiées, jette un dé : si tu obtiens 1, 2 ou 3, va au* **176**. *Si tu obtiens* **4, 5** *ou* **6**, *va au* **178**.

186 Rassemblant toutes tes forces, tu tentes de faire basculer un énorme bloc de pierre. — *Tu dois faire au moins* ***18 [Bonus : Puissance].*** *Si tu réussis, le bloc roule vers l'arrière et te permets d'accéder au* **181**. *Si tu échoues, retourne au* **176**.

187 À ton approche, les yeux de la statue se referment, mais un œil énorme et unique s'ouvre au milieu de son front. Il te fixe longuement puis une voix sépulcrale s'élève dans le tombeau.

« La *Légende*… La *Légende* est enfin arrivée. »

La statue pivote, dévoilant un escalier étroit et glissant.

— *Va au* **179**.

188 Tu trébuches au plus mauvais moment : vacillant dangereusement au-dessus du vide, tu tentes vainement de retrouver ton équilibre. Incapable de résister, tu bascules dans le précipice. — *Va à l'écran* **P** *(p. 159).*

189 Jette un dé. — *Si tu fais 1, tu glisses mais tu réussis à te rattraper : retourne au* **179**. *Si tu fais* **2**, *tu traverses un mur et tu te retrouves au pied de l'édifice : va à l'écran* **L** *(p. 155). Si tu fais* **6**, *tu tombes dans une fosse garnie de pointes : va à l'écran* **P** *(p. 159). Sinon, tu t'égares un moment avant d'aboutir au centre de la structure : va au* **174**.

190 Tu aboutis à une corniche qui surplombe le centre de la structure. — *Va au* **174**.

191 La lumière s'atténue au fur et à mesure que tu progresses dans le corridor. Tu es rapidement contraint de tâtonner pour trouver ton chemin. ***Tu dois faire 13 ou plus [Bonus : Perception].*** — *Si tu réussis, va au* **183**. *Si tu échoues, va au* **193**.

192 Les géants font tournoyer leurs lances aux fers étincelants.

CYCLOPES **3**

Force de combat : **20**

Equipt : lance [Puissance + 3]

— *Si tu es vainqueur, va au* **195**.

193 *Jette un dé. — Si tu fais 1, va au* **179**. *Si tu fais 2, va au* **189**. *Sinon, tu bascules dans le vide : va à l'écran* **P** *(p. 159).*

194 Les géants disparaissent dans une pluie de paillettes grises : ces sentinelles n'étaient que des illusions. — *Va au* **195**.

195 Tu plonges les mains dans l'urne. Dans le fond, tu touches un objet froid qui vibre. Tu sens une énergie démesurée pénétrer dans ton corps. Bientôt ce pouvoir circule dans tes veines, dans ton cerveau… Tu as trouver une relique sacrée. Te voilà armé pour une bonne descente aux Enfers ! — *Retourne à l'écran* **J** *(p. 153) pour choisir ta destination.*

L'ÎLE DES GORGONNES

196 Tu hisses ton embarcation sur le rivage de cette crique nichée au cœur d'une côte inhospitalière. Une nuée d'oiseaux plane en un ballet circulaire, haut dans le ciel au-dessus de toi. Soudain, les volatiles amorcent une descente en piqué dans ta direction : au fur et à mesure qu'ils se rapprochent, tu distingues avec netteté leurs becs, leurs serres et leurs ailes de bronze…

STYMPHALES **10**
Force de combat : **14**
Equip[t] : aucun

— Si tu réussis à les vaincre, va en **198**. *Sinon, tu es déchiqueté et tu te réveilles à l'écran* **P** *(p. 159).*

197 Des courants violents s'engouffrent avec fureur dans un labyrinthe de récifs mortels. — *Pour parvenir à accoster sans fracasser ton bateau, tu dois faire* **10** ***[Bonus : Adresse + Connaissance]****. Si tu réussis, tu accostes sur la berge : va au* **198**. *Sinon, ton bateau se brise et tu es entraîné par les courants jusqu'au* **220**.

198 Les dunes et les rochers cèdent la place à une masse de ronces et de buissons épineux. Entravée par la végétation hostile, ta progression devient vite exaspérante. — *Si tu continues, va au* **201**. *Si tu rebrousses chemin, va au* **204**.

199 La plage de galets sur laquelle tu viens d'accoster est séparée du cœur de l'île par de hautes falaises de calcaire. — *Si tu escalades la falaise, va au* **212**. *Si tu reprends la mer, retourne à l'écran* **M** *(p. 156).*

200 L'entrée d'une grotte s'ouvre dans le flanc de la falaise. Des flots agités s'y engouffrent avec violence. — *Si tu diriges ton embarcation vers la caverne, va au* **203**. *Sinon, retourne à l'écran* **M** *(p. 156).*

201 Tu aboutis enfin sur un chemin dégagé qui te conduit à un carrefour. Allongé sur un rocher, un lézard humanoïde et translucide te contemple de ses yeux exorbités et mobiles.

« Ah, te v'là toi… T'as pris ton temps, on dirait…

— Mais… C'est à cause des… bredouilles-tu.

— Sûûûr ! Siffle-t-il. C'est pas un club de vacances… Ça grouille de monstres… Faut s'battre pour survivre… C'est la loi d'la jungle… blaaa, blaaa, blaaa… Mais à côté de ce qui t'attend, c'est d'la rigolade. Les Gorgones' *sisters*, tu connais ?

— Non, mais je vais pas tarder…

— Si elles étaient moins laides, elles pourraient faire carrière dans le reggae… sauf que leurs *dreadlocks*, ce sont des serpents venimeux et qu'en un clin d'œil, elles te transforment en penseur de Rodin. Tu saisis ?

— Et alors ?

— Bah, reprend-il en inspirant profondément, va falloir que t'ailles les voir et que tu leur piques leurs matos… Il se lève et commence à disparaître.
— Et au fait, t'aurais pas des lunettes de soleil ? »
Plus perplexe que jamais, tu reprends la route. Un des chemins conduit à la tour, le deuxième mène aux ruines et le troisième monte jusqu'aux «yeux» de l'île. — *Si tu te diriges vers la tour, va au* **205**. *Si tu préfères suivre le chemin qui mène jusqu'aux «yeux», va au* **206**. *Si tu souhaites visiter les ruines, va au* **207**.

202 Parvenu au sommet de la falaise, tu trébuches sur le sol rocailleux. Un gigantesque lion en profite pour bondir sur toi. L'animal monstreux griffe l'air de ses pattes énormes.

LION DE NÉMÉE 1
Force de combat : **24**
Equip^{t} : aucun

— *Si tu es vainqueur, tu découvres que la peau du fauve est une armure magique : ajoute le sticker* **Cuirasse de Némée** *(n°11, p. 164) puis va au* **198**.

203 Le plafond se rapproche peu à peu de la surface de l'eau jusqu'à rendre toute progression impossible.
— *Si tu fais demi-tour, va à l'écran* **M** *(p. 156). Si tu plonges pour continuer en nageant en apnée, va au* **208**.

204 Les taillis se reforment au fur et à mesure que tu les coupes. Te voyant empêtré dans ce maquis

hostile, une nuée de rapaces métalliques qui tournoyait au-dessus de toi fend soudain les airs dans ta direction.

STYMPHALES **15**
Force de combat : **12**
Equip^{t} : aucun

— Si tu es vainqueur, tu retournes sur la plage et tu reprends la mer : retourne à l'écran **M** *(p. 156).*

205 Une prêtresse au visage caché par un voile vient à ta rencontre au pied de la tour.

« La relique que tu cherches est ici. Mais la gorgone Sthéno n'est pas décidée à te l'abandonner. Parle à ma maîtresse : peut-être daignera-t-elle accéder à ta requête. »
La prêtresse t'invite à pénétrer dans une pièce souterraine plongée dans l'obscurité où se tient une femme au regard cruel et à la chevelure hérissée de serpents. Sa voix effrayante s'élève sous les voûtes…

« Réponds à cette énigme si tu veux survivre : combien de haches furent plantées dans le dos des ennemis ? Combien d'ailes furent brisées par ces traits dangereux ? Combien de baies bleues poussent aux branches des arbres de l'Olympe ? » *— Si tu es parvenu à résoudre l'énigme de la gorgone, va au paragraphe correspondant. Si tu n'y comprends rien va au* **217**.

206 Une femme à l'allure noble mais à la chevelure hérissée de serpents t'accueille dans les profondeurs des cavernes en forme d'yeux.

« Ne crains rien : les légendes calomnieuses ont fait de moi un monstre, mais jamais je n'ai nui à quiconque, moi qui ne connais qu'une solitude éternelle... Mais j'y pense, tu dois mourir de faim ! »
La créature te tend un somptueux plat d'argent d'où s'échappe une odeur alléchante... — *Si tu acceptes ce repas, va au* **210**. *Si tu te méfies, va au* **209**.

207 Au détour de ces ruines désertes, tu découvres un grand bâtiment gardé par des statues d'animaux, de guerriers et de paysans immortalisés dans des poses extrêmement réalistes. Derrière toi, un bruit furtif attire ton attention : tu fais volte-face et te retrouves nez à nez avec une femme de haute stature à la chevelure hérissée de serpents.
— *Si tu disposes du* **Bouclier de Persée**, *va au* **216**. *Sinon, va au* **218**.

208 L'air commence à te manquer et tu ne vois toujours pas la fin de ce tunnel. Tu peux encore faire demi-tour avant qu'il ne soit trop tard... — *Si tu conti-*

nues, va au **211**. *Si tu fais demi-tour, tu émerges à bout de souffle au* **203**.

209 Tu écartes le plat que te tend la gorgone. Aussitôt, des larmes amères brillent dans ses yeux.

« Héros, tu n'as que méfiance là où j'aurais voulu trouver du discernement ! N'as-tu donc que l'intelligence de tes armes pour nous libérer ? Affronte les *Ostres*, mais ne compte pas sur mon aide ! »

Un peu honteux, tu prends congé de la pathétique créature. — *Si tu souhaites visiter la tour, va au* **205**. *Si tu préfères explorer les ruines, va au* **207**. *Si tu décides de reprendre la mer, retourne à l'écran* **J** *(p. 153).*

210 Tandis que tu prends place à sa table, la gorgone éplorée te décrit le drame de sa vie.

« Je suis Euryale. Je n'ai jamais ressenti la haine dont se nourrissent mes sœurs. Contre l'avis de ceux de ma race, j'ai décidé de combattre les *Ostres*. Ma sœur Méduse, aujourd'hui ma pire ennemie, sait où se trouve une relique. Malheureusement, tu ne pourras la vaincre sans le bouclier de Persée. Toute lutte serait vaine. Tu y perdrais la vie, et notre monde perdrait son dernier espoir de vivre hors du joug de l'ennemi. »

Ému par le courage d'Euryale, tu prends congé après t'être restauré. — *Si tu vas à la tour, va au* **205**. *Si tu vas explorer les ruines, va au* **207**. *Si tu préfères reprendre la mer, retourne à l'écran* **J** *(p. 153).*

211 Alors que tu es sur le point de succomber au manque d'air, tu es entraîné par un courant violent. Tu émerges dans une crypte mal éclairée. — *Va au* **214**.

212 Les prises sont rares et le calcaire s'effrite sous tes doigts. *Pour arriver en haut, tu dois faire* ***9 ou plus [Bonus : Adresse + Escalader].*** — *Si tu réussis, va au* **213**. *Sinon, tu tombes sans te blesser au pied de la falaise, et tu reprends la mer : va à l'écran* **M** *(p. 156).*

213 En chemin, tu es attaqué par des rapaces métalliques de Stymphale. Tu dois te défendre tout en te maintenant fermement à la paroi.

STYMPHALES **5**

Force de combat : **12**

Equip^{t} : aucun

— *Si tu es vainqueur, va au* **202**. *Sinon, tu tombes sans te blesser au pied de la falaise, et tu reprends la mer : va à l'écran* **M** *(p. 156).*

214 Posée au centre de la pièce, une urne de porphyre contient la relique sacrée… — *Reprends ton bateau et retourne à l'écran* **J** *(p. 153).*

215 La gorgone affiche une expression stupéfaite. Les serpents ondulent rageusement sur son crâne.

« Tu as vu juste, *Légende.* Les dieux ont fait un choix judicieux en faisant de toi leur élu… »

Sthéno s'écarte, dévoilant un étroit passage vers une pièce secrète. — *Va au* **214**.

216 Tu brandis le bouclier droit devant toi. La gorgone observe un instant son reflet monstrueux puis se change en statue de pierre. En t'approchant, tu entends le murmure d'agonie qui s'élève de la bouche de la statue.

« La relique que tu cherches est dans la grande tour, gardée par ma sœur… Il existe un accès par la mer qui t'évitera d'avoir à la rencontrer. » — *Si tu vas directement à la tour, rends-toi au* **205**. *Si tu préfères chercher l'accès secret, retourne à l'écran* **M** *(p. 156).*

217 Sthéno éclate d'un rire glacial. Les serpents de sa chevelure ouvrent leurs gueules, dévoilant des crochets mortels. Elle écarte les bras et se précipite vers toi pour te dévorer…

STHÉNO **1**

Force de combat : **20**

Equipt : aucun

— *Si tu es vainqueur, emprunte l'étroit passage qui mène vers la salle voisine : va au* **214**.

218 Décidé à combattre l'épouvantable gorgone, tu tends la main vers ton arme. Horrifié, tu constates que tu es incapable de bouger ton bras. Le regard de Méduse a commencé à te pétrifier ! En proie à une panique absolue, tu essayes de détourner le regard… — *Jette 1 dé. Si tu fais* **6**, *tu es incapable de détourner ton regard et tu es définitivement changé en pierre. Va directement à l'écran* **P** *(p. 159). Sinon, tu peux engager le combat au* **219**.

219 Contraint de combattre les yeux fermés, tu diriges tes coups en te laissant guider par les sifflements aigus émis par les serpents qui se dressent, gueules ouvertes, sur le crâne de la gorgone.

MÉDUSE **1**

Force de combat : **20**

Equip^{t} : aucun

— *Si tu l'emportes, tu peux te diriger vers la tour au* **205**.

LE ROYAUME DE POSÉIDON

220 D'une poigne vigoureuse, un homme pourvu d'une queue de poisson te hisses sur une plateforme émergée et te tend une perle bleutée.

« Avale-la, *Légende.* Elle est ton seul moyen d'accéder au monde sous-marin... » — *Si tu acceptes, va au* **233**. *Si tu préfères ne pas prendre de risques inutiles et poursuivre ton chemin, va au* **227**.

221 Tu progresses avec difficulté dans une prairie impénétrable d'algues brunes. Soudain, deux guerriers tritons te barrent la route de leurs tridents. — *Si tu engages le combat, va au* **228**. *Si tu préfères te rendre sans discuter, va en* **234**.

222 Désorienté, tu erres au hasard dans ce dédale de puits, d'arches et de grottes de corail. Soudain, tu aperçois une silhouette incertaine qui disparaît aussitôt derrière un rocher. — *Si tu la suis, va au* **229**. *Si tu préfères explorer les alentours, va au* **235**.

223 Tu aboutis à un petit temple taillé dans les récifs. Une créature mi-homme, mi-otarie au front ceint d'une couronne te regarde avec méfiance pénétrer dans

son sanctuaire puis il brandit son sceptre dans ta direction. — *Si tu engages la conversation, va au* **230**. *Si tu préfères combattre, va au* **236**.

224 Tu es incapable de résister au courant qui t'attire vers le fond du gouffre. — *Va à l'écran* **O** *(p. 158).*

225 Le palais est gardé par un banc de poissons multicolores. À l'unisson, ils s'adressent à toi de leur voix lointaine et plaintives.

« Héros ! Venge-nous de Nérée ! Autrefois, nous étions des guerriers, comme toi, venus en paix pour chercher fortune en ces lieux sinistres. Regarde ce que ce tyran a fait de nous ! Promets, *Légende,* promets ! » — *Si tu acceptes, va au* **232**. *Si tu refuses, va au* **237**.

226 En nageant autour du dôme ouvragé de ce palais en ruines, tu découvres une brèche suffisamment large pour que tu puisses t'y glisser… Parmi les ruines, tu découvres une statuette représentant un homme barbu armé d'un trident. Au moment où tu t'en empares, un

éclair aveuglant en jaillit et parcourt ton corps. — *Si tu empruntes ce passage, va au* **225**. *Si tu continues à explorer les abords du palais à l'écran* **N** *(p 157).*

227 Tu distingues des formes qui ondulent dans les profondeurs, mais tu n'as pas suffisamment de souffle pour t'enfoncer jusqu'à elles. À bout de souffle, tu remontes à la surface et reprends pied sur la plate-forme. — *Retourne au* **220**.

228 Les créatures aquatiques tourbillonnent autour de toi en te lardant de coups de tridents. Ralenti par les algues qui entravent tes bras et tes chevilles, tu ripostes avec difficulté…

TRITONS **8**

Force de combat : **11**

Equip[t] : glaive [Puissance + 2]

— *Si tu parviens à l'emporter, retourne à l'écran* **N** *(p. 157) pour choisir une autre destination.*

229 Devant toi, la silhouette imprécise gagne du terrain, t'entraînant loin du massif corallien. — *Si tu continues à la poursuivre, va au* **231**. *Si tu rebrousses chemin, va au* **235**.

230 Inquiet, tu t'efforces d'afficher un visage amical en t'adressant à cet hôte peu accueillant.

« Mes respects, Majesté. Je viens ici en ami avec pour seule mission de délivrer ce monde des envahisseurs qui s'en sont emparé ! »

L'étrange créature pousse un soupir de soulagement et s'illumine d'un sourire rassurant.

« *Légende* ! Je t'avais pris pour un des ces *Ostres* ! Ils ont adopté tant de formes pour nous piéger que tout le monde ici devient extrêmement méfiant… Ils errent près du tourbillon qui mène au gouffre sans fond… Je suis le roi Nérée, père des Néréïdes. Profite de mon expérience : ne t'avise pas d'affronter nos ennemis avec tes faibles armes. Le palais de Poséïdon abrite un trésor inestimable… »

Satisfait d'avoir rencontré un allié, tu quittes le temple en remerciant chaleureusement Nérée. — *Retourne à l'écran* **N** *(p. 157).*

231 Pris dans un puissant courant, tu es irrésistiblement aspiré vers le gouffre ! *Pour échapper à son attraction, tu dois faire* ***12 ou plus [Bonus : Puissance].*** — *Si tu réussis, va à l'écran* **N** *(p. 157). Sinon, va en* **224**.

232 Les poissons te désignent l'endroit où se terre Nérée au cœur du récif de corail. Au loin, tu distingues une lumière qui perce les sombres profondeurs. — *Va au* **223**.

233 Tu parviens avec difficulté à avaler la perle : sidéré, tu constates que tu peux à présent respirer sous l'eau comme tout le peuple de la mer… — *Tu peux choisir n'importe quelle destination de l'écran* **N** *(p. 157).*

234 Les tritons t'escortent jusqu'à la caverne sous-marine où siège leur reine, une femme-poisson

couverte de bijoux étincelants. À ta grande surprise, la souveraine t'accueille chaleureusement.

« Des rumeurs venues du monde d'en-haut m'ont avertie de tes actions passées. *Légende*, tu vas nous délivrer des tyrans qui ont envahi l'Olympe. Le banc de poissons qui garde le palais de Poséïdon n'est qu'un mirage dissimulant des *Ostres* sanguinaires ! Détruis ces monstres et taille ton chemin jusqu'à la relique qui dort dans les profondeurs du bâtiment. »
Elle te tend un triton d'argent incrusté de pierreries et de coquillages précieux et t'adresse ses vœux de réussite pour la suite de ta quête. — *Ajoute le sticker* **Trident des Tritons** *(n°12, p.164) à ton équipement, puis retourne à l'écran* **N** *(p. 157).*

235 Tu remarques trois créatures semblables à des otaries qui t'observent avec méfiance, cachées derrière un rocher. Se croyant à l'abri, tout porte à croire qu'elles t'ont tendu une embuscade. — *Si tu t'adresses directement aux créatures, va au* **238**. *Si tu décides de te venger, va au* **239**. *Si tu préfères ne pas t'attarder, retourne à l'écran* **N** *(p. 157).*

236 « Pauvre sot, *Ostre* méprisable, tu oses t'attaquer au terrible Nérée ? Retournes d'où tu viens ! »
Un éclair aveuglant jaillit du sceptre et tu es catapulté hors du temple. — *Va au* **231**.

237 Ton refus déclenche un tonnerre de protestations. Aussitôt, les poissons se métamorphosent en *Ostres* hideux !

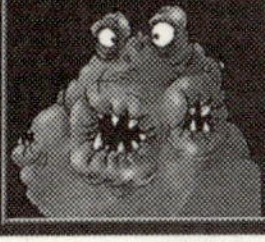

BEKHOTYDES **12**

Force de combat : **8**
Equip[t] : trident [Puissance + 2]

— *Si tu l'emportes, tu peux aller à l'écran* **P** *(p. 159) ou retourner à l'écran* **N** *(p. 157).*

238 « Alors, on joue à cache-cache ? » cries-tu à l'adresse des étranges créatures après avoir pris ton courage à deux mains. Les otaries sortent lentement de leur cachette.

« Tu… Tu ne veux vraiment pas de mal au peuple des Néréïdes ? »
Après s'être concertées, elles décident de te guider jusqu'à leur maître. — *Va au* **223**.

239 « Bande de lâches ! Sortez de votre cachette si vous en avez le courage ! » hurles-tu en assénant des coups violents sur la roche. Terrorisées, les créatures s'emparent de lourds fragments de corail. Chaque fois que tu tentes de les toucher, elles se glissent dans les infractuosités du rocher…

NÉRÉÏDES **5**

Force de combat : **9**
Equip[t] : corail [Puissance + 2]

— *Si tu l'emportes, retourne à l'écran* **N**. *(p. 157) Si tu es vaincu, les créatures te capturent et te traînent devant leur roi au* **223**.

LE GOUFFRE DU KRAKEN

240 Le tourbillon forme un mur liquide qui t'emporte irrésistiblement vers le fond du gouffre. D'innombrables objets tournoient autour de toi : tu parviens à agripper un bouclier brisé. Il te vient alors une idée… — *Pour parvenir à surfer sur le bouclier, tu dois faire* ***11 ou plus [Bonus : Adresse].*** *Si tu réussis, va au* **246.** *Si tu échoues, tu es éjecté jusqu'à l'écran* **J** *où tu pourras te servir de ton bouclier comme d'une embarcation.*

241 Tu parviens à t'agripper à la corniche. Des inscriptions à moitié effacées ont été gravées à la hâte sur la roche érodée. — *Pour parvenir à les lire, tu dois faire* ***10 ou plus [Bonus : Perception].*** *Si tu réussis, va au* **247**. *Si tu échoues, tu peux affronter le monstre tentaculaire au* **246** *ou retourner à l'écran* **O** *(p. 158).*

242 Agrippé à cette branche, un vieux guerrier vêtu de haillons fait tournoyer son arme de façon menaçante. Des yeux fous roulent dans les orbites de son crâne osseux.

« Arrière, barbare ! Qui que tu sois, Énée peut te réduire en pièces ! Les Troyens ne se rendront jamais ! »

Le vieillard fait mine de frapper avec son épée…

— Si tu es prêt à combattre, va au **251**. *Si tu essayes de raisonner le guerrier, va au* **249**.

243 Tu parviens à te hisser jusqu'au parvis de ce temple à demi-englouti. Au pied d'une colonne, un lézard humanoïde maintenant familier t'attend avec des fiches cartonnées à la main. Pour changer, il est vêtu d'un smoking impeccable.

« Bingo, lance-t-il comme un présentateur télé. Notre candidat gagne un séjour en demi-pension aux Enfers. On applaudit bien fort !

— Encore toi, coupes-tu exaspéré.

— Bonne réponse ! La question suivante est : comment descend-on aux Enfers ? Tu as quatre secondes… »

Tu te contentes de hausser les épaules.

« Facile, il suffit de… mourir !

— Mais… Les *Légendes* ne peuvent pas mourir ?

— Encore une bonne réponse ! Mais tu crois que t'es venu là pour rigoler ? T'as jamais entendu parler des P.O.R.T.E.S. des E.N.F.E.R.S. ? Ouch, rien que d'en parler, j'ai l'impression de devenir une valise en croco. Orphée, Hercule, Énée… z'ont fait de la randonnée dans le coin. Paraît que c'est bon pour le teint… Ça rafraîchit… Maintenant tu trouves l'entrée et tu reviens en deuxième semaine. »

Aussitôt, il disparaît. — *Retourne à l'écran* **O** *(p. 158).*

244 Une vive agitation s'empare des *Ostres* postés sur les plates-formes de guet. Soudain, un faisceau concentré de rayons lumineux s'entremêlent au-dessus de ta tête. Tes ennemis te tirent dessus avec des armes extrêmement sophistiquées ! — *Pour éviter ces tirs mortels, tu dois faire* **10 ou plus [Bonus : Adresse].** *Si tu réussis, retourne à l'écran* **O** *(p. 158). Si tu échoues, tu es pulvérisé par les rayons d'énergie pure : va à l'écran* **P** *(p. 159).*

245 Tu remarques avec stupéfaction un groupe d'*Ostres* postés sur une plate-forme accrochée au corps du monstrueux Kraken. Alors que tu te diriges vers tes ennemis, un tentacule te heurte de plein fouet. — *Pour garder ton équilibre et continuer ta course, tu dois*

faire **11 ou plus [Bonus : Adresse]**. *Si tu réussis, va au* **254**. *Si tu échoues, tu es happé par le monstre tentaculaire qui te dévore sur-le-champs : va à l'écran* **P** *(p. 159).*

246 Bien que tu maîtrises à merveille ta nouvelle embarcation, les tentacules hideux qui ondulent dans ta direction te frôlent dangereusement. — *Pour les éviter, tu dois faire* **12 ou plus [Bonus : Adresse]**. *Si tu réussis, tu peux aller au* **245**, *ou aller dans tous les numéros de l'écran* **O** *(p. 158). Si tu échoues, tu es broyé par la créature : va à l'écran* **P** *(p. 159).*

247 Tu ne parviens pas à déchiffrer intégralement l'obscure inscription :

« …ond du …ouffre s'ouv… orte des Enfers. »

— *Retourne à l'écran* **O** *(p. 158).*

248 Tu bondis sur la passerelle, semant la stupeur parmi les *Ostres* sidérés. Ils quittent leurs consoles de commande pour s'emparer d'étranges fusils. — *Si tu es prêt à combattre ces nombreux ennemis, va au* **250**. *Si tu préfères t'attaquer à leur matériel électronique, va au* **252**.

249 Tu t'approches du guerrier avec lenteur pour ne pas l'effrayer et tu lui parles d'une voix calme :

« Hé, Énée, atterris, la guerre de Troie, c'est le programme d'Histoire de la sixième… En ce moment, c'est plutôt la guerre des étoiles en 16/9e et en direct…

— Que dis-tu là ? Je… oui, je… je me souviens à présent ! Qu'est-ce qui m'est arrivé ? Que se passe-t-il ici ?

— Les cafards de l'espace ont fait disparaître l'humanité et essaye de prendre possession de notre système solaire… Faut que j'accède au fond du gouffre mais disons qu'il y a un os, ou plutôt un incrusteur !

— Je vais l'attaquer et faire ainsi diversion. Tu en profiteras pour agir à ta guise. »

Énée se jette avec courage dans le tourbillon et s'agrippe à la créature en y plantant son épée. Le monstre hurle de rage et de douleur. Tu en profites pour glisser jusqu'aux profondeurs du gouffre… — *Va au* **256**.

250 Courageusement, tu te rues sur tes ennemis pour provoquer un combat au corps à corps. Des détonations assourdissantes te déchirent les tympans mais tu parviens à leur niveau sans être touché…

BYRKHANIL **20**

Force de combat : **14**

Equip^t : lasers [Perception + 5]

— *Si tu es vainqueur, va au* **253**.

251 Tu t'approches arme en main du vieux héros. Une lueur sauvage brille dans ses yeux : tu remarques trop tard l'impressionnante musculature qui se tend sous ses haillons…

ÉNÉE **1**

Force de combat : **25**

Equip^t : glaive [Puissance + 2]

— *Si tu es vainqueur, retourne à l'écran* **O** *(p. 158).*

252 Pris sous le feu des *Ostres,* tu bondis vers les panneaux de contrôle en brandissant ton arme. — *Pour éviter les rayons laser de tes ennemis, tu dois faire* **12 ou plus [Bonus : Adresse + Sauter]**. *Si tu réussis, va au* **253**. *Si tu échoues, tu es pulvérisé par un tir bien ajusté… Va à l'écran* **P** *(p. 159).*

253 Tu abats ton arme sur les panneaux de commande aussi violemment que possible. Aussitôt, l'anneau qui tournoie au fond du gouffre se met à onduler étrangement en se rétractant sur lui-même. — *Si tu en profites pour sauter au centre de l'anneau, va au* **257**. *Sinon, va au* **258**.

254 Tu parviens avec difficulté à te maintenir sur le bouclier. À peine t'es-tu rétabli que tu constates que tu files à vive allure droit vers une des bouches monstrueuses du Kraken. — *Pour éviter d'être englouti par le monstre, tu dois faire* **12 ou plus [Bonus : Adresse + Connaissance]**. *Si tu réussis, va au* **255**. *Si tu échoues, va à l'écran* **P** *(p. 159).*

255 Tu glisses à présent vers la plate-forme agrippée aux flancs du monstre. En un éclair, tu vois une dizaine d'*Ostres* penchés sur des consoles électroniques équipées d'écrans et de claviers. C'est le moment où jamais de les rejoindre. — *Pour bondir sur la plate-forme des Ostres, tu dois faire* **12 ou plus [Bonus : Adresse + Sauter]**. *Si tu réussis, va au* **248**. *Si tu échoues, tu heurtes de plein fouet la structure métallique de la plate-forme : va à l'écran* **P** *(p. 159).*

256 Tu remarques avec stupéfaction un groupe d'*Ostres* postés sur une plate-forme accrochée au corps du monstrueux Kraken. Tu bondis sur la passerelle, semant la stupeur parmi tes ennemis sidérés. Ils quittent leurs consoles de commande pour s'emparer d'étranges fusils. — *Si tu es prêt à combattre ces nombreux adversaires, va au* **250**. *Si tu préfères t'attaquer à leur matériel électronique, va au* **252**.

257 Tu enjambes la rambarde et plonges vers l'anneau qui palpite au fond du gouffre. Aussitôt, ton corps désincarné est projeté à une vitesse inouïe dans l'espace infini et glacé. En proie à une terreur indescriptible, tu perds connaissance... — *Tu reprends conscience à l'écran* **P** *(p. 159).*

258 Au moment où l'anneau se referme pour toujours, une explosion d'une violence inouïe dévaste tout ce qui t'entoure... — *Va à l'écran* **P** *(p. 159).*

LE SÉJOUR DES DÉFUNTS L'HADÈS

259 Devant toi, dans l'obscurité, un portique ouvragé irradie une lueur blafarde. Une atmosphère chargée d'odeurs nauséabondes et d'un je-ne-sais-quoi de vicié planent sur l'endroit que tu viens de découvrir. Tu reconnais sans aucun doute les Enfers décrits maintes fois par les classiques grecs… — *Si tu as été expédié aux Enfers lors d'un combat, par un ennemi ou par un piège, bref, si tu es mort, va au* **260**. *Si tu as pénétré en ce lieu de ton plein gré, va au* **261**.

260 Un souffle glacé passe sur ta nuque. D'instinct, tu te retournes, prêt au combat… Il n'y a rien, juste un ricanement qui s'éloigne. Tu te tournes vers l'unique porte, une silhouette dans la pénombre te fait signe d'attendre. — *Si tu lui obéis, va au* **274**. *Si tu tentes de forcer le passage, va au* **276**.

261 L'arche est flanquée d'un personnage en complet blanc. Sa présence étrange en ces lieux tranche avec le naturel qu'il affiche dans cet environnement macabre.

« Tu t'es fait attendre, jeune *Légende*. Je me permets de te mettre en garde : tu ne dois pas essayer de passer la porte si tu n'as pas la relique sacrée. Ta présence ne serait

pas même souhaitable. »
Il te considère un instant et ajuste les manches de son veston immaculé.

« Maintenant que les formalités sont effectuées, passons aux choses sérieuses. Mortel, en entrant en ce lieu, abandonne toute espérance. Jamais âme n'a pu échapper au jugements des gardiens. Alors… n'espère aucune aide de qui que ce soit. » — *Si tu décides de passer l'arche, va au* **273**. *Si tu poursuis le dialogue avec l'homme au complet blanc, va au* **262**. *Si tu veux le combattre, va en* **265**.

262 Tout chez cet homme est impeccable : tenue, visage, dentition, élocution, manières… Mais une vilaine odeur se dégage lorsqu'il parle.

« Qui es-tu, gardien ? Et qu'est-ce qu'il y a derrière. »
Le gardien t'examine de la tête aux pieds.

« Ici, reprend-il d'un ton théâtral, s'étend la terre des défunts, interdite à jamais aux simples mortels durant leur existence. »
Puis, d'un ton plus amical, il ajoute :

« En fait, ce sont les Enfers. Et tu as de fortes chances d'y rester si tu ne fais pas preuve d'un peu de prudence. De l'autre côté, Minos, l'arbitre suprême, t'en refusera l'accès si tu n'es pas porteur d'une relique sacrée. Éaque et Rhadamanthe, les deux autres juges ne se montreront pas plus cléments… si toutefois, tu les rencontres. Alors, ton choix est simple : si tu es aussi courageux que tu le prétends, fonce tout droit vers le palais d'Hadès, sinon apprêtes-toi à déguster… »
Il se penche sur toi et semble grandir démesurément.

« Maintenant, hors de ma vue, vermine, je t'en ai déjà trop dit… Disparais ! » — *Si tu passes rapidement l'arche, va au* **268**. *Si tu préfères contourner l'arche par la gauche, va au* **263**. *Si tu la contournes par la droite, va au* **264**. *Si tu n'as pas peur et que tu poursuis la conversation, va au* **266**.

263 À peine as-tu contourné l'arche, que la voix suave du gardien en complet blanc se fait entendre.

« Imbécile, tu cours déjà à ta perte… »
Le décor disparaît et tu te retrouves dans la fosse d'un tribunal. Dans une faible lumière, un magistrat grec en robes noires se dresse d'un air sévère.

« Tu croyais éviter le jugement, n'est-ce pas ? Déclare-t-il d'une voix autoritaire. Grave erreur… Tu mérites la sentence qui pèse sur tes épaules depuis ta naissance… » — *Le décor disparaît pour laisser place à un paysage de cauchemar. Va à l'écran* **Q** *(p. 160).*

264 Le paysage se modifie à vue d'œil. La lande désolée fait place à un théâtre aux proportions démesurées. Une voix forte emplit l'espace.

« Mortel, il n'est point besoin de courage pour contourner les obstacles de la vie. Mais après la vie, le courage est tout ce qu'il te reste. As-tu en ton pouvoir, la marque du courage d'une *Légende* ? » — *Si tu as au moins une relique sacrée, va au* **271**. *Sinon, va au* **267**.

265 Tu dégaines ton arme pour faire payer son arrogance à ce fonctionnaire zélé. Mais tu es arrêté par une vision d'horreur. Sous tes yeux, l'homme subit

une transmutation fulgurante. Le costume explose sous la pression de l'impressionnate stature d'une monstruosité redoutable. Devant toi se dresse Cerbère, le gardien de la porte des Enfers. Il te domine de toute sa hauteur.

— *Si tu l'affrontes en dépit du bon sens, va au* **269**. *Si tu tentes de fuir, va au* **270**.

266 L'homme prend des airs de conspirateur et se penche pour te chuchotter à l'oreille.

« Décidément, tu es vraisemblablement ignorant de mon pouvoir. Alors écoute ceci : il existe un raccourci pour rejoindre le lieu final de ta quête. Longe les quatre fleuves jusqu'au palais d'Hadès. Là se trouve la porte des Champs-Elysées, ultime prison des dieux et des champions d'Olympe.» — *Si tu suis l'itinéraire du gardien, va au* **275**. *Si tu préfères tenter ta chance par l'arche, va au* **273**.

267 Tu cherches la source de la voix céleste, mais tu n'aperçois personne dans le théâtre.

« Je vois maintenant ta fourberie et ton audace. Moi, Éaque, en vertue des pouvoirs qui me sont conférés par ma charge de magistrat aux Enfers, je te condamne à l'errance dans le Tartare. »

L'instant d'après, te voilà dans un paysage de cauchemar. — *Va à l'écran* **Q** *(p. 160).*

268 Tu perçois le grincement d'une porte massive et invisible. Une bouffée d'air fétide te prend à la gorge et la lumière se tamise davantage. Soudain, un faisceau éclaire une estrade et un bureau massif de tribunal. Tu n'es plus au même endroit. Tu reconnais derrière le bureau, un haut fonctionnaire en toge grecque qui compulse des dossiers sans t'accorder un regard.

« Encore un prétendant au statut de *Légende*...? dit-il en levant le nez. Vous avez du courage, mon jeune ami, on ne peut pas vous enlever ça. Mais le courage ne suffit pas dans ce genre d'entreprises...»

— *Si tu possèdes au moins une relique, va au* **271**. *Sinon, va au* 272.

269 Le monstre à trois têtes avance sur toi sans une lueur de crainte dans les trois paires d'yeux. Avec une force prodigieuse, la créature projette toute sa masse sur toi. Franchement, tu ne sembles avoir aucune chance…

CERBÈRE 1

Force de combat : **60**

Equip^{t} : aucun

— *Si, par miracle, tu gagnes, va à l'écran* **Q** *(p. 160).*

270 Poursuivi par ce monstre aboyant de ses trois gueules, tu dévales la pente derrière l'arche. Dans ta fuite effrénée, le sol se dérobe sous tes pas et tu achèves ta course par une chute spectaculaire. Tu te relèves face à un décor lugubre.

— *Va à l'écran* **Q** *(p. 160).*

271 Le vieil homme aux sourcils épais te lance un regard pénétrant. Aussitôt, il te fait signe d'avancer vers l'estrade.

« Je crois que nous pouvons vous admettre dans le cercle. Toutefois, suivez mon conseil : ne pensez qu'à votre but. Évitez de vous commettre avec les condamnés en ces lieux. Cela ne ferait que nuire à votre réputation ici-bas… »

Il se redresse et prononce sa sentence.

« Pour achever votre quête, vous devrez vous rendre en la place du palais du roi Hadès. Là vous devrez ouvrir la porte des Champs-Élysées et trouver le dernier refuge des Olympiens. Puissiez-vous ne jamais reparaître devant moi. »
La lumière s'éteint et tu retrouves le paysage désolé derrière l'arche. — *Va à l'écran* **Q** *(p. 160).*

272 « Je ne vois rien que vous puissiez faire, sinon vous perdre dans les abîmes des défunts. »
Il frappe de son maillet le heurtoir et fait un geste de la

main pour te congédier. Le tribunal disparaît et tu es soudainement transporté vers un univers lumineux.
— *Retourne à l'écran* **E** *(p. 148).*

273 L'arche se dresse devant toi, plus massive et lugubre que jamais. Tu pourrais la contourner par les côtés et accéder rapidement au paysage qui s'étend à perte de vue. — *Si tu passes sous l'arche, va au* **268**. *Si tu contournes par la gauche, va au* **263**. *Si tu passes par la droite, va au* **264**.

274 La silhouette sombre n'a pas de visage. Tout de noir vêtu, elle s'incline avec courtoisie, puis te montre le chemin d'un geste autoritaire.

« Tu dois paraître devant tes juges … »

Au moment où elle laisse sa phrase en suspens, tu remarques que la grande faux qu'elle tient dans sa main droite. — *Si tu fuis, va au* **276**. *Si tu prends le chemin indiqué, va au* **261**.

275 Descendant un chemin pierreux qui n'a pas été emprunté depuis des siècles, tu arrives sur les berges d'un fleuve lugubre aux eaux noires et fangeuses.
— *Va à l'écran* **Q** *(p. 160).*

276 À peine lui as-tu tourné le dos que l'homme se matérialise devant toi, brandissant une immense faux. Il te tranche en deux, en commentant son acte.

« Nul ne peut m'échapper quand vient son heure. Tu sembles l'avoir oublié. Retourne donc d'où tu viens pour méditer cette loi. »
— *Tu te retrouves à l'écran* **Q** *(p. 160).*

LES PLAINES DU TARTARE

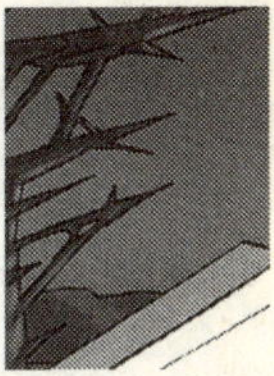

277 C'est comme un chant plaintif, une lamentation sourde. Cette vaste étendue n'est pas constituée d'eau, mais d'ombres hurlantes. C'est un chaos de faces spectrales, de bras et de jambes entrelacées. La mélodie lugubre qui monte du lac t'attire irrésistiblement. — *Pour échapper à son emprise, tu dois faire* ***12 ou plus [Bonus : Perception]****. Si tu échoues, les âmes t'attirent de plus en plus. Plongeant dans cet océan d'esprits, tu perds conscience de toi même, tu trouves la paix avant d'échouer, l'esprit vide, à l'écran* **P** *(p. 159). Si tu réussis, tu peux prendre une embarcation et naviguer sur cette étrange mer, en* **287**, *ou longer le rivage jusqu'en* **279**.

278 Sur le flanc de la montagne, tu découvres un homme musculeux qui pousse un énorme rocher. Le rocher lui échappe tout à coup, et roule jusqu'au bas de la pente. Fataliste, l'homme redescend et se remet à la tâche. Il semble hypnotisé, obsédé par son inutile travail. — *Si tu passes ton chemin, va en* **281**. *Si tu tentes de libérer l'homme de sa transe, va en* **283**.

279 Cet édifice te choque dès le premier abord. Il n'est pas à sa place, dans ce paysage désolé. C'est en

t'approchant que tu découvres la fosse, creusée juste au pied de l'édifice. Un gémissement monte de l'excavation. Un homme enchaîné te supplie de lui donner un fruit, où un peu d'eau qui ruisselle hors de sa portée.
— *Si tu tentes de libérer Tantale, va en* **284**. *Si tu te contentes de lui jeter quelque chose à manger, avant de passer ton chemin, va en* **288**.

280 Une brume délétère flotte au dessus d'une île dont le sol a été récemment labouré. On n'y voit pas à dix pas, le décor est flou, s'effilochant dans le brouillard. L'île semble déserte, la seule trace de présence humaine gît en des ossements qui jonchent les environs. Voilà sans doute l'ultime rivage, le fin fond des Enfers.
Un mugissement retentit au loin, suivit d'un bruit de lourd galop qui se rapproche. Surgissant des brumes, un monstrueux sanglier fonce vers toi, retournant le sol avec ses défenses.

SANGLIER D'ERYMANTHE **1**
Force de combat : **41**
Equip[t] : aucun

— *Si tu arrives à le vaincre, va en* **282**.

281 Bondissant du haut de la montagne, un homme ailé pique droit vers le sol. — *Si tu tentes de le rattraper, va en* **286**. *Si tu poursuis ton chemin, va en* **293**.

282 Laissant de côté le cadavre du sanglier, tu poursuis ton chemin au travers des brumes éternelles qui couvrent cette île. Le sol monte peu à peu, annonçant des reliefs encore invisibles. La brume s'estompe alors que tu arrives aux premiers contreforts de la montagne. Sous un ciel de plomb, tu découvres un titan enchaîné, hurlant, alors que des vautours de métal lui dévorent le foie. — *Si tu poursuis ta route, va en* **289**. *Si tu tentes de libérer le titan, va en* **285**.

283 Au moment où tu lui adresses la parole, l'homme paraît s'éveiller d'un long cauchemar. Il s'agit du légendaire roi Sisyphe, qui avait tenté de réduire la mort en esclavage. Il ignore tout de l'invasion des *Ostres*, mais semble prêt à t'aider. Il te conseille de traverser l'océan des âmes pour chercher le palais de Diomède, et d'y trouver un passage vers les Champs-Élysées. Pendant ce temps, Sisyphe va tenter de libérer les autres damnés pour combattre l'*Ennemi*. — *Si tu cherches une embarcation pour traverser l'étendue, va en* **292**. *Sinon, poursuis ton chemin en* **281**.

284 Ignorant toute espèce de gratitude, l'homme se rue sur toi, hurlant vengeance. Il te frappe à coups de bâton, voulant t'empêcher d'aller libérer les dieux, responsables de son supplice.

OSTROTANTALE 1

Force de combat : **18**

Equip^t : aucun

— *Si tu arrives à le vaincre, retourne à l'écran* **Q** *(p. 160).*

285 Furieux d'être dérangés dans leur repas, les Stymphales fondent sur toi toutes griffes dehors. Les terribles oiseaux tentent de te déchiqueter.

STYMPHALES 6
Force de combat : **18**
Equip^{t} : aucun

— *Si tu arrives à les abattre, va en* **290**.

286 Pour arriver à rattraper l'homme qui tombe, *tu dois faire* ***14 ou plus [Bonus : Puissance]***.
— *Si tu réussis, va en* **294**. *Sinon, va en* **293**.

287 La navigation sur l'océan des âmes est délicate, voire impossible. Sitôt éloigné du rivage, tu n'as plus aucun point de repère, tu pilotes au jugé, faisant confiance à tes sentiments plus qu'à tes sens. Au bout d'un temps indéfini, tu échoues sur une île au paysage ravagé. — *Va en* **280**.

288 Poussant des hurlements stridents, des pillards aux visages tatoués et aux dents taillées en pointe te jettent des pierres, avant de se ruer à l'assaut. Ces hommes sont des Cimmériens, sauvages des contrées du bord du monde. Ils ne connaissent ni la peur, ni la douleur, et ce sont des adversaires insensibles à la pitié.

CIMMÉRIENS 9
Force de combat : **16**
Equip^{t} : hache [Puissance + 1]

— Si tu es vaincu, les Cimmériens t'égorgent à coup de dents, avant de t'abandonner aux vautours, et tu reprends conscience à l'écran **P** *(p. 159). Si tu l'emportes, tu es libre de poursuivre ton périple jusqu'en* **278**.

289 Ce palais auquel tu aboutis a été déserté il y a bien longtemps. Seules les écuries semblent occupées par des chevaux affamés. Soudain, un fracas indique que les animaux se sont libérés. Une harde de juments se répand dans le palais, avant de converger vers toi. Ces cavales infernales ont la bave aux lèvres, et semblent avoir renoncé à leur régime végétarien : tu viens d'être inscrit au menu de ce soir.

CAVALES DE DIOMÈDE **10**
Force de combat : **20**
Equipt : aucun

— Si tu es vainqueur, tu poursuis l'exploration du palais en **291**.

290 Après avoir détruit le dernier oiseau, tu libères le titan. C'est Prométhée, le dispensateur du feu, celui qui a libéré les hommes de la crainte des dieux, et qui a été puni pour cette raison. Mais il considère les *Ostres* comme une menace bien pire que les dieux, et il accepte de t'aider. — *Si tu n'as pas de relique, Prométhée te conduit par les montagnes jusqu'à la citadelle des titans, à l'écran* **L** *(p. 155). Sinon, il te mène jusqu'à la grande porte des Enfers, à l'écran* **P** *(p. 159).*

291 Le palais est complètement vide. Dans les caves, tu découvres un puits qui débouche sur un réseau de souterrains insalubres. Loin dans les profondeurs, tu arrives à une porte de bronze. — *Si tu as la relique sacrée, va à l'écran* **R** *(p. 161). Sinon, tu émerges au bord d'un fleuve, à l'écran* **Q** *(p. 160).*

292 Une barque noire a été hissée sur la berge. Dès que tu montes dedans, elle s'éloigne de la terre ferme, et te conduit en un endroit désolé… — *Va en* **280**.

293 L'homme s'écrase au sol. Il n'y a plus rien à faire pour lui. Tu poursuis donc ton chemin, jusqu'à un rivage éloigné, le bout de ce monde, sans aucun doute… — *Va en* **292**.

294 L'homme fond en larmes. Il se nomme Icare, et il tente d'atteindre le soleil. Mais le soleil n'apparaît jamais, et sa quête est sans espoir. Icare te remercie, puis remonte jusqu'en haut de la montagne. Il n'y a plus rien à faire pour lui… Longeant le rivage, tu arrives à une petite crique. — *Va en* **292**.

L'ULTIME RIVAGE
LES CHAMPS-ÉLYSÉES

295 Partout ce n'est que ténèbres insondables… Une obscurité impénétrable, étouffante et liquide. Tu es immergé dans un océan de nuit et tu te noies. Après la première frayeur, tu sens tes poumons se remplir du liquide d'un noir d'encre et une douce torpeur t'envahit lentement, calmant ta peur, apaisant ton envie de vivre…

— *Si tu te laisses entraîner dans cette sensation de tranquillité, va au* **300**. *Si tu veux te battre et sortir de ce lent déclin, tu dois faire* ***12 ou plus [Bonus : Perception]***. *Si tu échoues, tu émerges au* **259**. *Si tu réussis, va au* **298**.

296 Ensemble, vous échouez sur le rivage de sable blanc qui entoure toute l'île comme un anneau. Le lézard est parfaitement sec.

« C'est l'avantage d'être un hologramme, dit-il comme s'il avait saisi ta pensée.

— Qu'est-ce que je fais maintenant, lui demandes-tu plein de défi.

— Tu commences par trouver les dieux. Ensuite tu les persuades de te suivre et tu leur fais boire les eaux du Léthé. Puis tu sors de ce monde virtuel et tu viens me rejoindre sur *Atlantis*, j'aurai du boulot pour toi et tes potes…

— Super, coupes-tu d'un ton sec. Et où est-ce qu'ils crèchent les dieux ? Et pourquoi je ferais tout ça, hein ? Je suis pas ton esclave, ni ta boniche… T'as qu'à le faire toi-même ton sale boulot… » (bien parlé !)
Le lézard écarquille les yeux, puis se ravise et avance vers toi l'air menaçant.

« Mais t'as pas le choix, p'tite tête, ricane-t-il en sifflant. C'est pas moi qui suis entré dans le KosmoNet Mythologique… et c'est pas moi la jeune *Légende*… et chuis pas programmé pour sauver l'Univers, moi !… T'as enregistré, superman !? Alors maintenant tu transpires !

— Comment ça sauver l'Univers ? réponds-tu. Je croyais qu'il y avait que la Terre et les autres planètes de la Fédération ? »

— Et alors la *Légende* de l'infini, tu crois que les humains sont seuls dans le cosmos. Tu crois aussi que les *Ostres* se sont juste dit : tiens, si on allait envahir la Terre pour prendre notre retraite… »
Il marque une pause devant ta perplexité. Puis il explose.

« Bien sûr, qu'ils sont partout ces cafards… Et bien sûr que d'autres *Légendes* vont les combattre partout dans l'Univers… La question est : EST-CE QUE T'EN ES OU PAS ? »
Silence.

« Ben ouais ! finis-tu par sortir.

— Alors va me chercher les dieux et ramène-les moi sur *Atlantis*… »
L'homme-lézard se retourne et repart dans l'océan de pétrole. — *Si tu vas vers l'amphithéâtre, va au* **302**. *Si tu veux explorer le reste de l'île avant, va au* **299**.

297 Le lézard réapparaît juste à côté de toi, surgissant de nulle part.
« Tu te magnes, ou quoi ? »
Tu le regardes un instant avant de prendre ta décision.
— *Si tu vas à l'amphithéâtre, va au* **302**. *Sinon, reste au* **297**.

298 Refusant de sombrer dans le côté obscur, tu te débats et tu remontes avec une lenteur angoissante vers ce que tu crois être la surface. Mais la consistance du fluide dans lequel tu baignes est trop visqueuse et tu perds rapidement le peu de forces que tu avais gardées pour les derniers moments de ta quête. Dans ta tête, tu entends un encouragement inattendu provenant d'une voix aigüe et artificielle.

« T'arrête pas, crie-t-elle, t'es bientôt au bout. »
Dans les ténèbres, tu vois maintenant le fantôme d'un lézard humanoïde que tu as déjà croisé sur ta route. Peut-être est-ce un effet de ton imagination au dernier moment de ton existence. Soudain, il te saisit et tu sens sa poigne vigoureuse te propulser vers le haut. Tu remontes vers la surface à une vitesse vertigineuse.
— *Va au* **296**.

299 Sans te relâcher, tu parcours les quelques hectares de prairies et de vallons qui couvrent l'île pour ne trouver personne, pas âme qui vive, si l'on peut dire. Revenu à ton point de départ, il ne te reste plus qu'à aller à l'amphithéâtre ou bien à laisser tomber. — *Si tu vas à l'amphithéâtre, va au* **302**. *Sinon… va au* **297**.

300 Finalement, tu sens une force merveilleuse, pleine de tendresse et d'affection t'entraîner vers le bas. Sous tes pieds, au loin, une étoile apparaît et se transforme en porte, puis en crevasse de lumière aveuglante sans pour autant te faire mal aux yeux. Dans ta légère ivresse, tu te sens heureux et tu entends les voix de tous les êtres chers qui ont jalonné ton existence. Tu aperçois les silhouettes furtives de tes parents, tes grands-parents et d'autres membres de ta famille que tu n'as jamais connus qu'en photos ou en hologrammes... Serait-ce cela, la fin de ta quête ? Réussir à retrouver tous ceux que tu aimais et qui ont disparu avec l'arrivée des *Ostres,* ces créatures maléfiques, venues d'une autre dimension... ?

Une autre voix, nasillarde et discordante, se fait entendre :

« Imbécile, tu ne vois donc pas ce qu'ils sont en train de faire ? Ils t'envoient directement au fond de l'océan... »

— *Si tu écoutes la voix, va au* **304**. *Sinon, va au* **309**.

301 L'immortalité ne se perpétue que grâce au souvenir dans la mémoire humaine. Si tu venais à oublier, ce monde n'existerait plus. C'est ta connaissance des mythes et des légendes qui les rendent vivants.

— *Va au* **300**.

302 Tu gagnes les abords d'un amphithéâtre des plus classiques. Il est noir de monde et produit un vacarme assourdissant. Tu vois assemblées ici toutes les célébrités et les stars de l'Antiquité grecque : Achille, Hector, Odysseus, Jason, Artémis, Athéna, Héra, Appollon, Dionysos et tous les autres, entourant Zeus, le maître incontesté des Olympiens. Tous discutent, raillent, boivent et mangent, sans se soucier d'autre chose. En bas

au parterre, les plus grands dramaturges tentent d'amuser ces titans. Il y a là des personnalités dont les noms t'écorchaient les oreilles en classe : Sophocle et Euripide conversant avec Platon et son maître Socrate, interrompus par d'éminents mathématiciens tels qu'Euclyde, Pythagore et Archimède, une brique à la main... Toute cette noble et incroyable assemblée assiste à une sorte de kermesse gigantesque et sans intérêt. — *Si tu décides d'attirer leur attention, va au* **306**. *Si tu ne sais pas par où commencer, va au* **303**.

303 Tu hésites à te manifester. Mais dans le ciel, tu vois apparaître la face reptilienne de Zard. Soudain, une voix céleste déchire le vacarme.

« Faites silence ! Écoutez la Légende ! »

Aussitôt, le silence s'installe et tous les regards convergent dans ta direction. Quelques-uns échangent des sourires entendus et d'autres chuchotent comme des collégiens. Tous ces fameux personnages ont l'air d'ignorer qui ils sont réellement. Pendant un instant, tu restes muet devant cette auguste assemblée, puis tu te lances.

« Eh bien... Je sais pas trop comment vous le dire... Mais vous devez me suivre jusqu'au Léthé... »

Un tonnerre de protestations accueille ta demande.

« Le Léthé... Mais nous risquons l'oubli... Il n'en est pas question... »

Les conversations vont bon train comme si tu venais de t'adresser à un essaim de politiciens récalcitrants.

— *Si tu persistes dans ton action, va au* **306**, *sinon va au* **307**.

304 Cette voix est si fausse, si artificielle que cela te fait sortir de l'état second dans lequel tu étais. La lumière se rapproche dangereusement et les visages familiers deviennent des monstres semblables à ceux que tu as combattu tout au long de ta quête.

« C'est comme cela qu'ils ont eu toute l'humanité, dit la voix. En leur faisant croire que dans la lumière, tout était beau et bon… Le paradis, l'Éden, le Valhalla, les Champs-Élysées… Mais cette lumière, c'est la Mort… Pire, c'est l'oubli… Ils te font oublier la vie, les joies et les peines, les projets et les rêves…»

Lentement, tu vois se former la silhouette humanoïde d'un homme-lézard que tu as déjà rencontré. Maintenant, ça y est, tu te souviens de ce reptile… une mascotte créée par les programmeurs de l'ordinateur central de la station *Atlantis.* Ils disaient que c'était un hologramme destiné à amuser les utilisateurs. Mais il a l'air vachement réel et plutôt intelligent pour un hologramme.

« Amène-toi, avant que ces vermines ne débarquent pour de bon. »

Il t'attrape par la main et tu t'éloignes de la lumière à une vitesse hallucinante. Bientôt, tu crèves la surface d'un océan de fluide noir pareil à du pétrole. — *Va au* **296**.

305 En observant les *Ostres* au cours de ton périple, tu as remarqué que leur tactique principale est d'effacer la réalité et de dérober leurs souvenirs à leurs victimes. Sans hésiter, tu réponds à la question.

« La connaissance ! Seul le souvenir permet aux légendes et aux mythes de continuer à exister pour l'éternité. »

Un tonnerre d'applaudissements accueille ta réponse.

« Jeune *Légende*, tu es des nôtres, déclare le puissant Zeus. Mais tu es aussi prisonnier que nous le sommes, car les hommes ont cessé de croire en nous et maintenant nous sommes sans force. Que pouvons nous faire ? »

— *Si tu appliques les instructions de Zard, va au* **311**. *Sinon, tu peux rester là et vivre le restant de tes jours dans une fête permanente mais inutile à l'humanité...*

306 « Je vous en prie, écoutez ! » dis-tu d'une voix autoritaire. De nouveau, les dieux et les hommes se taisent et t'écoutent comme des enfants.

« Autrefois, vous étiez les maîtres du ciel et de la terre. Mais les *Ostres* sont venus et vous êtes prisonniers ici...

— Mais nous ne sommes ni des dieux, ni des prisonniers, coupe le grand Zeus en personne, accompagné par les acclamations du public.

— Ils ne se souviennent plus de rien. » te souffle Zard dans le creux de l'oreille.

Rassemblant tout ton courage, tu hurles un grand coup.

« Taisez-vous ! Et écoutez-moi ! Vous êtes les légendes de l'Olympe. Vous devez me suivre et m'aider à vaincre les *Ostres* pour retrouver l'humanité... »

Un lourd silence s'installe et tu vois dieux et héros, personnages célèbres et mythes vivants se regarder interloqués...

« Qui nous prouve que tu n'es pas des leurs ? retorque Héra, l'épouse de Zeus. Si tu es vraiment une *Légende*, alors répond à cette question : quelle est donc la source du pouvoir de l'Olympe ? »

— *Si tu penses qu'il s'agit de la nature divine, va au* **308**. *Si* *tu crois que c'est l'Immortalité, va au* **301**. *Si tu crois qu'il s'agit de la Connaissance, va au* **305**.

307 La forme translucide de Zard est installée à côté de toi. Il te regarde faire sans rien dire, malgré ton regard insistant.

« Je ne peux rien. Ne te laisse pas décourager et fais ce qui doit être fait… »

— *Si tu persistes dans ton action, va au* **306**. *Si tu laisses tomber, ferme le livre. Il te reste la télé, mais je doute que tu en sois le héros principal…*

308 La nature divine des dieux ne suffit pas à les maintenir en vie. Lorsque toute l'humanité finit par les oublier, ils cessent d'exister pour disparaître dans le néant. — *Va au* **310**.

309 Accompagné des tiens, tu pénètres enfin dans la lumière et tu sens monter en toi une sensation de bonheur indicible. Plus rien ne compte que cette sensation. Tu ne penses plus à rien, tu ne te souviens plus de rien. Tous tes proches sont là, avec toi… Adieu la quête pour retrouver les dieux olympiens, adieu les difficultés et les ennuis de la station *Atlantis,* terminer l'invasion des… des… au fait, comment s'appelaient-ils déjà ? Ces créatures capables de se métamorphoser et qui… avaient… fait… quelque chose… mais quelqu'un se souvient-il de ce qu'elles ont fait ? — *À mon avis, tu as raté une marche. Cela ne devait pas se terminer ainsi. Ne devais-tu pas sauver le monde et affronter certains extraterrestres spécialisés dans les illusions de toutes sortes ?*

Hein ? Eh bien ton choix est limité, ou bien tu arrives à te rappeler du précédent numéro et tu y retournes pour faire un autre choix, ou bien il ne te reste plus qu'à recommencer tout à zéro… Quel numéro était-ce déjà…?

310 Ta réponse est fausse, mais ton action courageuse t'a donné les reliques sacrées qui te permettent de sauver les dieux. Derrière toi, Zard, l'homme lézard ailé hausse légèrement les épaules…

« Tout le monde peut se tromper, souffle-t-il. Utilise la relique et ramène-les. » — *Va au* **311**.

311 La relique sacrée commence à irradier une lumière de plus en plus forte et tu vois le petit cours d'eau s'emballer comme s'il subissait une crue fulgurante. À son embouchure, il se transforme en une gigantesque trombe d'eau qui se disperse dans l'air sous forme de pluies torrentielles.

Dans un fracas de tonnerre et d'éclairs, l'orage s'abat sur le théâtre et la noble assemblée. L'eau entame son action purificatrice et dieux et héros semblent perdre leur teinte, puis leur consistance pour ne plus être que des silhouettes de lumière qui convergent et entrent dans la relique.

Au bout de ton bras, l'objet émet chaleur et clarté intense sans pour autant te blesser. Bientôt l'illustre assemblée s'est absorbée dans la relique…

« Fais gaffe p'tite tête, ça va secouer ! lance Zard. Accroche-toi aux branches… En route pour Atlantis ! »

« Quelles branches ? » cries-tu dans le déchaînement des éléments avant d'être englouti par une lame de fond noirâtre de plusieurs centaines de mètres de haut…

À ce moment-là, la sphère de confinement explose...
Tu es éjecté vers un espace infini, empli d'étoiles... Reprenant tes esprits, tu reconnais la Voie Lactée, puis le collier merveilleux des planètes du système solaire. Tu as la même consistance que le lézard. Tu es un hologramme du monde virtuel et tu reviens vers *Atlantis*... enfin...
De la rclique, tu vois se projeter les *esprits* des héros grecs et des dieux olympiens tels des faisceaux lumineux pleins de grâce. Ils foncent sur la station pour prendre place dans un lieu secret au plus profond de la planète artificielle... Un lieu que seules les *Légendes* connaissent.
Tu prends conscience de la présence d'autres *Légendes* à bord de la station. Comme toi, elles ont réussi leur quête dans le virtuel et il est temps pour vous toutes de commencer d'autres aventures... de relever d'autres défis afin de battre les *Ostres* et leurs sombres machinations...
Le temps est venu pour toi, de les affronter dans le réel... dans les nombreuses *Sagas* qui t'attendent...

Ta *Légende* est prête pour les *Sagas*. Tu as maintenant un personnage puissant que tu peux emmener dans les aventures que les Anciens ont préparées...

Retrouve les autres *Légendes* et va là où nul homme, nul mortel n'est jamais allé...

Et surtout n'oublie pas que, maintenant et à jamais, tu es une *Légende*.

Non, ceci n'est pas la fin...
Ceci est le commencement...

LES ÉCRANS
OLYMPUS

Dans les pages suivantes, tu trouveras tous les écrans de l'univers d'Olympus. Les numéros t'indiquent les lieux que tu peux visiter. Ils correspondent aux paragraphes auxquels tu peux aller dans le livre. Mais attention, les numéros rouges te sont strictement interdits. Tu trouveras le moyen de t'y rendre en jouant l'aventure…

Que les dieux t'accompagnent, jeune *Légende*…

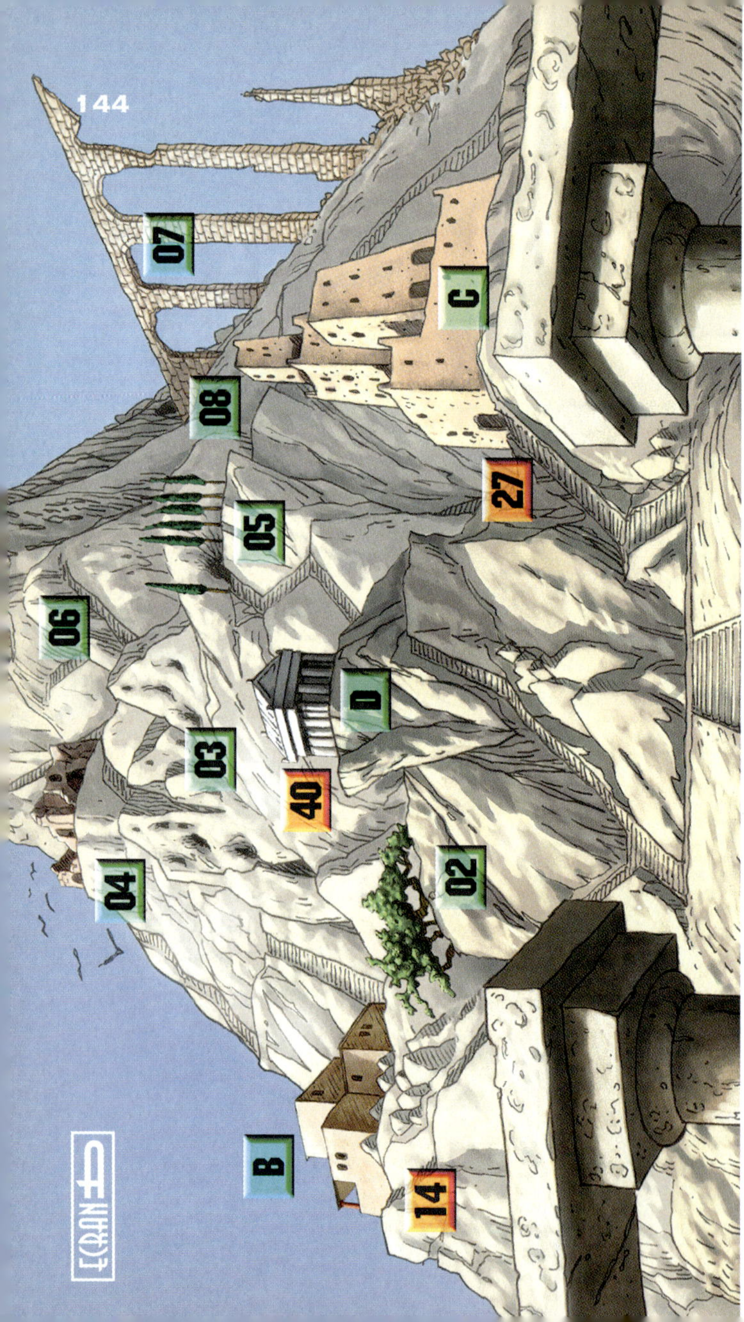
07
C
08
27
05
06
D
03
40
04
02
B
14

17
19
15
14
18
16
13
17
19
18
13
02

08
07
28
29
27

05
40
43
44
41
40

ECRAN
57
50
55
57
60
56
59
51
58

59
60
68
68
58
73
72

J
ECRAN
56
92
54
87
51

110
111
106
109
103
114
107
100
108
101
104
102
J
I

ECRAN
57
50
123
121
H
120
122
57
119
J

153
K
140
144
M
150
142
143
141
152
N
L

ECRAN
156
140
154
158
157
144
155
0

173
174
173
171
141
0

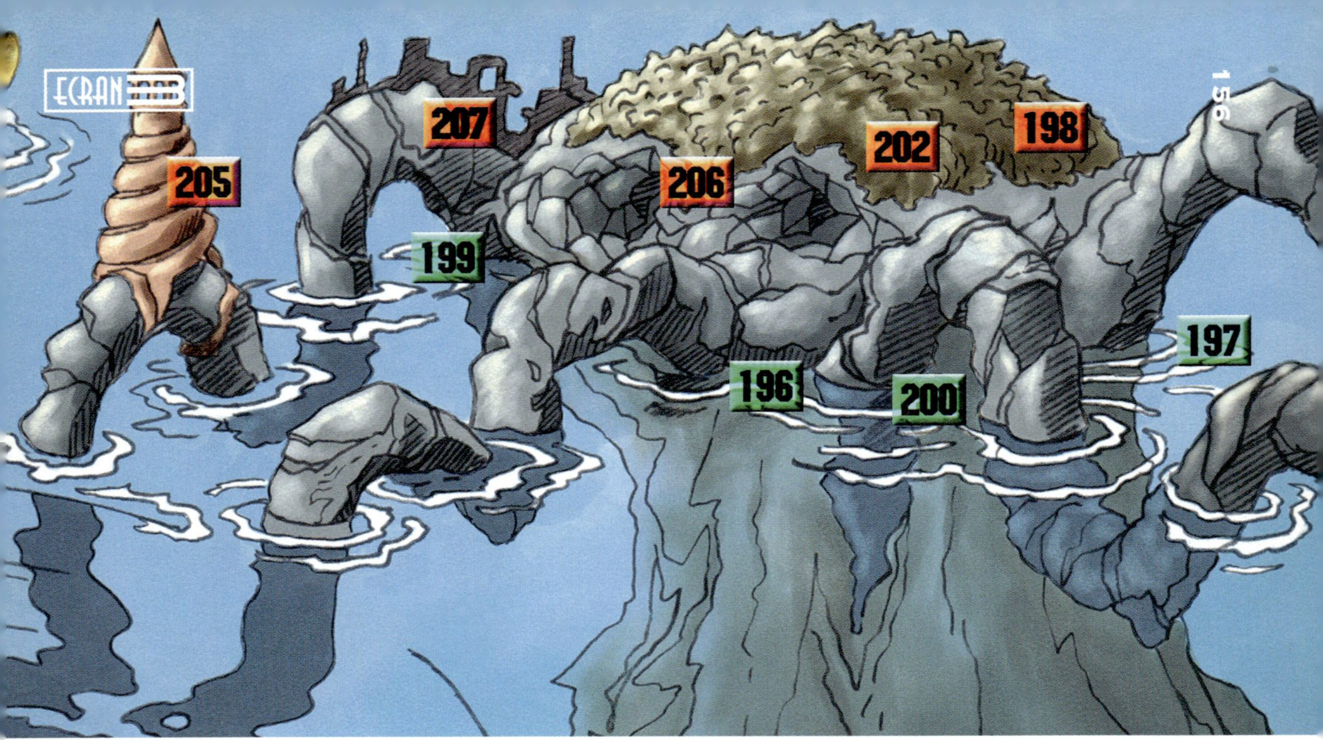
207
205
206
202
198
199
197
196
200

0
221
220
226
152
222

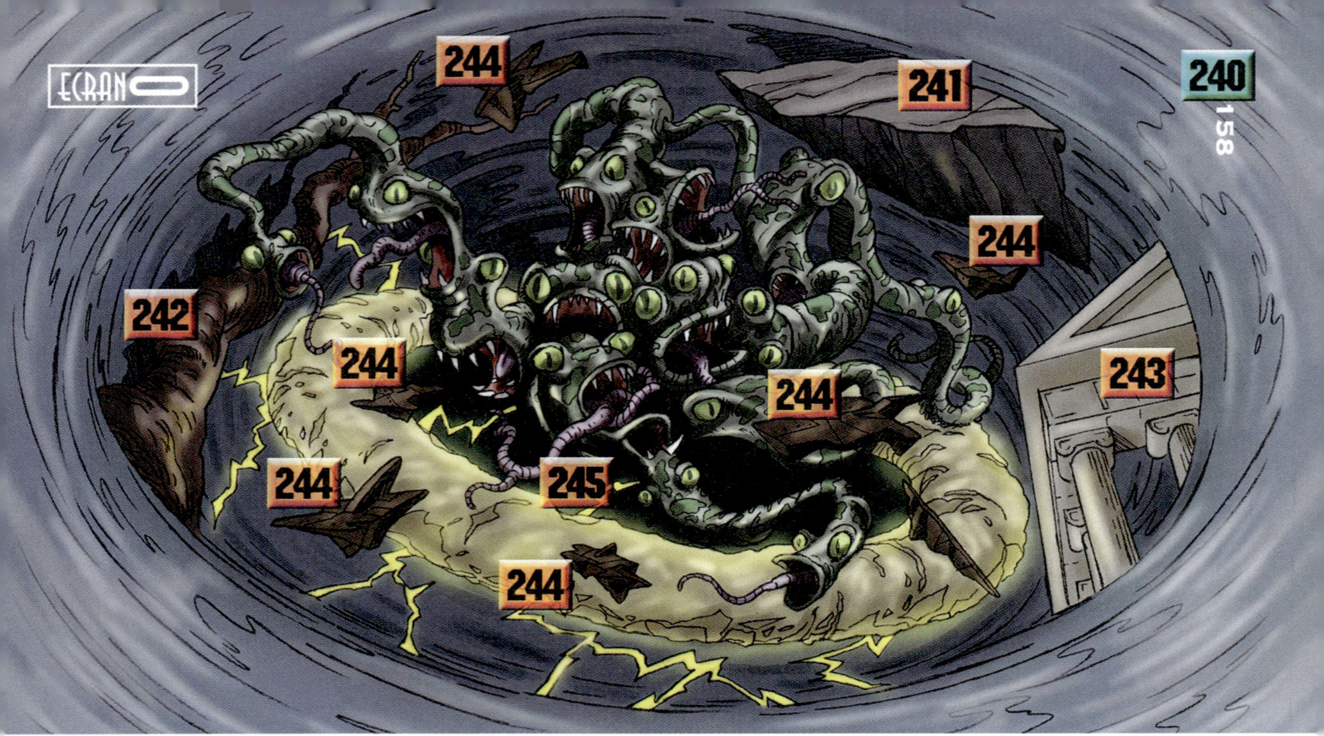
ECRAN 0
240
244
241
244
242
244
244
243
244
245
244

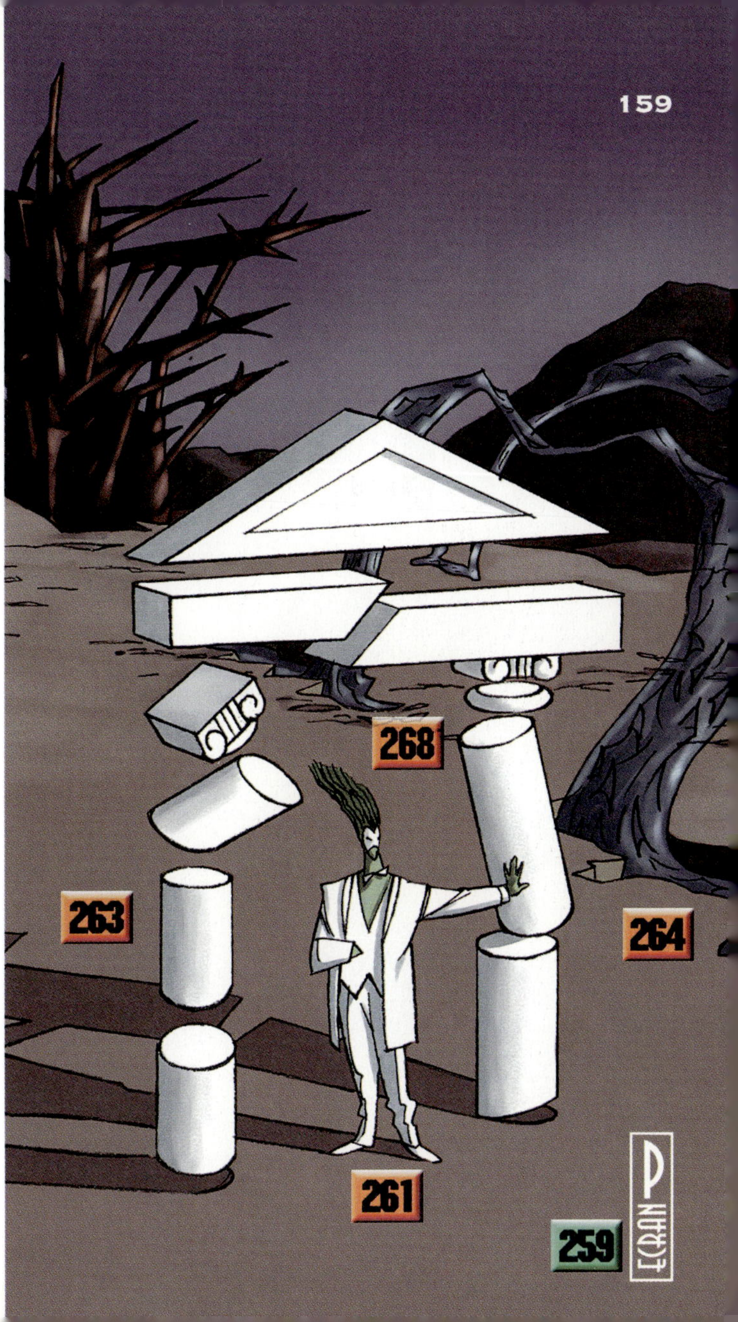
268
263
264
261
259

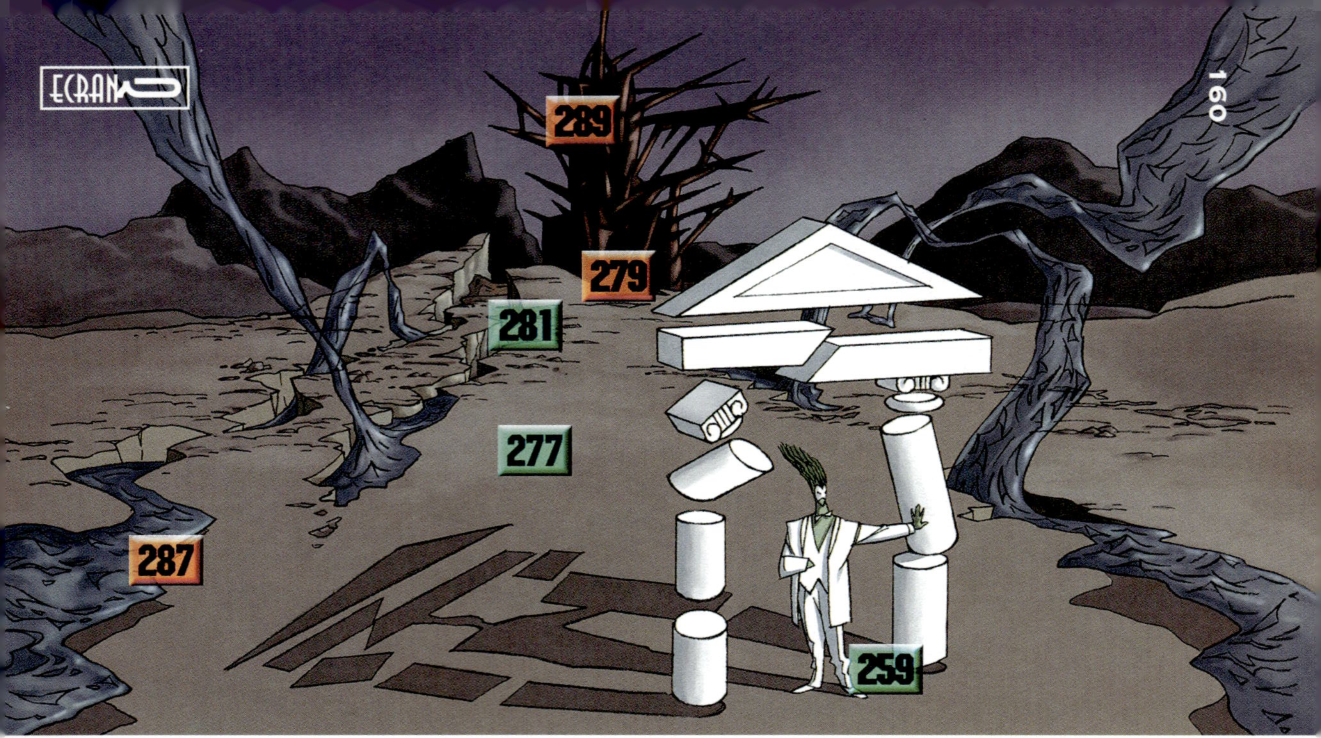
ECRAN
289
279
281
277
287
259

P
302
299
295

LES OBJETS MAGIQUES DES OLYMPIENS

CASQUE D'ATHÉNA

Force de combat + 3.

1 — Quand tu portes le ***Casque d'Athéna***, ta force de combat est augmentée de 3 points.

ÉPÉE DE PERSÉE

Force de combat + 4 [Puissance].

2 — Tant que tu utilises l'***Epée de Persée*** contre tes adversaires, ta force de combat est augmentée de 4 points.

BOUCLIER DE PERSÉE

Force de combat +2.
+ 5 contre les gorgonnes.

3 — Quand tu utilises le ***Bouclier de Persée*** contre tes ennemis, ta force de combat est augmentée de 2 points. Si tu affrontes des gorgonnes, ta force de combat augmente encore de 5 points.

SANDALES D'HERMÈS

Ton adresse est deux fois meilleure.

4 — Lorsque tu fais des actions qui demande de l'adresse, tu ajoutes deux fois ton score en Adresse.

LES OBJETS MAGIQUES DES OLYMPIENS

LYRE D'ORPHÉE

Charmer les ennemis.
[Bonus : Perception]

5 — Quand tu joues de la *Lyre d'Orphée*, tu peux charmer un ennemi à chaque tour de combat. Tu dois faire un score supérieur ou égal à la force de combat de ton adversaire.

RAMEAU D'OR

Protection contre les morts vivants.

6 — Tant que tu portes le *Rameau d'or*, ta force de combat est augmentée de 5 points contre tous les morts vivants. Ils ne peuvent te combattre qu'avec des armes (épées, haches, etc.).

HACHE DE MINOS

[Dégâts +4 / Escrime].

7 — Tant que tu utilises la *Hache de Minos* contre tes adversaires, tes dégâts sont augmentés de 4 points.

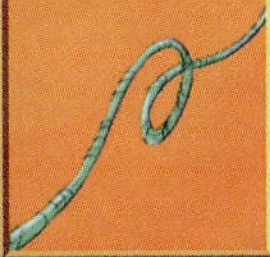

CORDE DES AMAZONES

Immobilisation d'un ennemi.

8 — Quand tu utilises la *Corde des Amazones* contre un adversaire, tu peux l'immobiliser pour toute la durée du combat. Tu lances deux dés et tu ajoutes ta Puissance. Ton score doit être supérieur à sa force de combat pour réussir.

LES OBJETS MAGIQUES DES OLYMPIENS

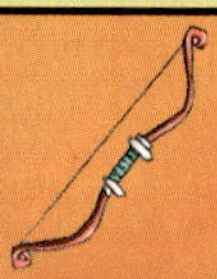

ARC D'ODYSSEUS

Force de combat +5 [Adresse].

9 — Quand tu utilises l'*Arc d'Odysseus* contre tes ennemis, ta force de combat augmente de 5 points. Tu es le seul capable de l'utiliser.

LAURIERS DE LA VICTOIRE

Tu deviens un champion.

10 — Tant que tu portes les *Lauriers de la victoire*, tu es un champion olympien. Tu as le droit de rejeter le dé le plus faible à chaque action ou à chaque combat.

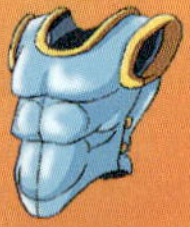

CUIRASSE DE NÉMÉE

Force de combat + 4.
Invulnérable aux flèches.

11 — Tant que tu portes la *Cuirasse de Némée*, ta force de combat est augmentée de 4 points. Les ennemis tirant des flèches ne peuvent te combattre.

TRIDENT DES TRITONS

Force de combat + 2 [Puissance].
+ 4 contre les créatures de l'eau.

12 — Quand tu utilises le *Trident des tritons*, ta force de combat est augmentée de 2 point. Si tu affrontes des ennemis vivant dans l'eau, elle augmente encore de 2 points.

LES POUVOIRS OLYMPIENS

AILES D'ICARE

Tu peux voler dans les airs.

Le pouvoir de vol te permet de te rendre dans tous les numéros verts et rouges des écrans de jeu.

ŒIL D'AIGLE

Ta vue est deux fois meilleure.

Lorsque tu utilises la vue pour une action de perception ou de détection, tu ajoutes 5 points à ton score en Perception.

INVULNÉRABILITÉ

Force de combat + 3.

Ta peau s'endurcit au point d'être dure comme le cuir d'un jeune dragon. Ta force de combat augmente définitivement de 3 points.

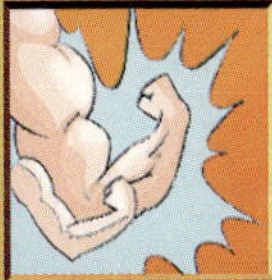

FORCE D'HÉRAKLÈS

Puissance + 5.

Ta puissance est définitivement augmentée de 5 points.

LES POUVOIRS OLYMPIENS

FEU D'APOLLON

Lances de feu [Perception + 4].

Tu es capable de lancer des lances de feu sur tes ennemis. Tu utilises ta Perception comme bonus de combat.

ESPRIT D'ATHÉNA

Immunité contre la peur.

Tu es complètement immunisé contre toutes les formes de peur.

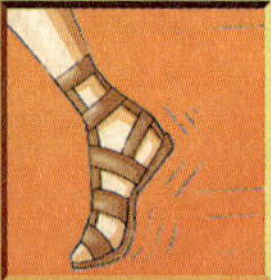

AGILETÉ D'ARTÉMIS

Adresse + 4.

Ton Adresse est définitivement augmentée de 4 points.

AURA D'HYPÉRION

Aura de lumière aveuglante.
Force de combat +3.

L'aura de lumière qui t'entoure en permanence te permet d'aveugler tes ennemis. Ta force de combat augmente de 3 points

LES RELIQUES OLYMPIENNES

ÆGIDE

Force de combat + 8.
Sphère de force.

En portant l'*Ægide*, tu es maintenant doté d'une sphère infranchissable, à la fois personnelle et collective, que tu déplaces avec toi. Individuellement, ta force de combat augmente de 8 points.
Mais quand tu le juges nécessaire, tu peux faire apparaître un champ de force impénétrable qui te protège, toi et tes compagnons. Nulle force ne peut pénétrer dans la sphère, mais personne à l'intérieur ne peut atteindre quoique ce soit à l'extérieur.

CADUCÉE

[Dégats +5 / Escrime].
Revitalisation

Quand tu utilises le *Caducée* contre tes ennemis, tes dégâts sont augmentés de 5 points.
Mais le pouvoir de cette épée est de revitaliser. Tu peux, après chaque combat, ressusciter tes compagnons et leur éviter de passer par les enfers pour revenir dans l'aventure. Tant que tu la portes, tu es immunisé à tous les poisons et à toutes les maladies.

ŒIL DU CYCLOPE

Perception + 10.
Gain de connaissances.

Quand tu portes le bandeau auquel est accroché *l'Œil du cyclope*, ta Perception est augmentée de 10 points.
Mais son pouvoir est de détecter les points faibles de toute chose, ennemis ou objets. En combat comme pour les actions, tu ajoutes + 5 à tous tes jets de dés.

LES RELIQUES OLYMPIENNES

FOUDRE DE ZEUS

Contrôle de la foudre.
Protection électromagnétique.

Grâce au *Foudre de Zeus*, tu peux devenir une foudre vivante. Ta force de combat est augmentée de 10 points, sauf contre les créatures électriques (combat normal) et tu es capable de lancer des éclairs. En faisant un double 6 avec les dés, tu foudroies ton ou tes adversaires instantannément. Tu es insensible à l'électricité et tu bénéficies d'une protection électromagnétique qui ajoute encore 5 points à ta force de combat si tes adversaires portent du métal.

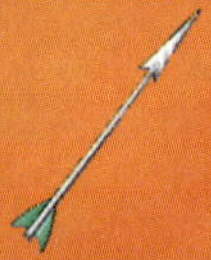

FLÈCHES D'APOLLON

Force de combat + 8 [Adresse].
Brûlures et pestilence.

Quand tu lances les *Flèches d'Apollon* contre tes ennemis, ta force de combat est augmentée de 8 points. Chaque fois que tu prends l'avantage sur tes ennemis, tu lances 2 dés. Si ton score est supérieur à leur force de combat, tu peux choisir de leur infliger une maladie virulante ou bien de les brûler gravement. Dans les deux cas, ils sont pénalisés et tu ajoutes + 5 à ta force de combat dans les tours suivants. Les flèches sont au nombre de 6 et sont récupérables.

TOISON D'OR

Invulnérabilité au chaos.
Fascination.

Lorsque tu portes la *Toison d'or*, tu disposes de deux pouvoirs majeurs. Les créatures du chaos (*Ostres*, etc.) ne peuvent ni te toucher, ni te transformer. Elles doivent avoir des armes normales pour te combattre. Leur force de combat est alors divisée par deux (sauf le bonus de leurs armes). Le second pouvoir est la fascination. Si tu effectues un score supérieur à la force vitale de tes adversaires, tu peux en contrôler un nombre égal au jet d'un dé.

PUISSANCE ADRESSE PERCEPTION

Casque de

Masque de

Collier de

Armure de

Bracelets de

Cape de

Arme

Ceinturon de

Anneau de

Gants de

Costume de

Bouclier

Arme de secours

Bottes de

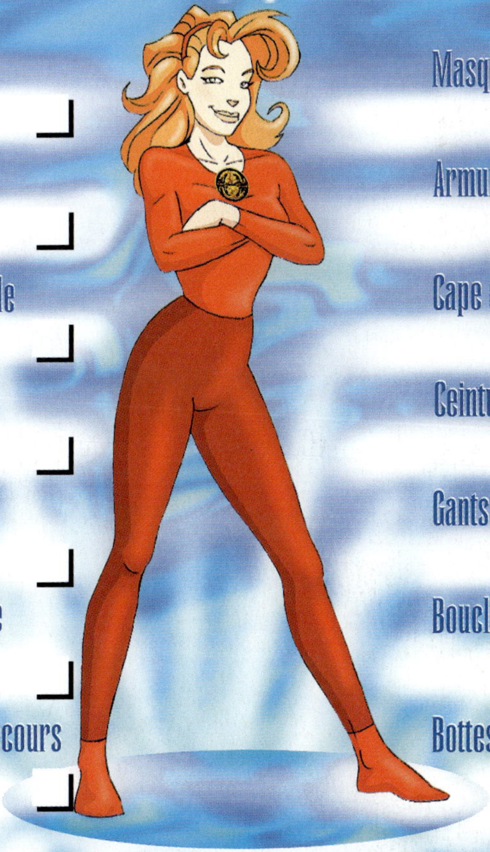

Ton nom :

Ton age :

POUVOIRS

CONNAISSANCES

ÉQUIPEMENT

PUISSANCE ADRESSE PERCEPTION

Casque de ☐

Collier de ☐

Bracelets de ☐

Arme ☐

Anneau de ☐

Costume de ☐

Arme de secours ☐

Masque de ☐

Armure de ☐

Cape de ☐

Ceinturon de ☐

Gants de ☐

Bouclier ☐

Bottes de ☐

Ton nom :

Ton age :

POUVOIRS

CONNAISSANCES

ÉQUIPEMENT

TABLEAU DE COMBAT

Force de combat		Dés de dégâts
Légendes	**Monstres**	
01-06	01-08	**1 point**
07-18	09-24	**1 dé**
19-30	25-40	**2 dés**
31-54	41-64	**3 dés**
55-78	65-88	**4 dés**
79-114	89-124	**5 dés**
115-150	125-172	**6 dés**
151-192	173-220	**7 dés**
193-234	221-276	**8 dés**
235-282	277-332	**9 dés**
283 +	332 +	**10 dés**

■ Si ta Force de combat tombe à zéro, tu dois te rendre immédiatement à l'écran **S** (p.160). Tu récupères la moitié de ta Force de combat.

■ Ta Force de combat se régénère automatiquement au rythme de 1 point à chaque nouveau paragraphe que tu lis.

■ Après les combats, tu peux également récupérer des points de Force de combat si tu possèdes : la Connaissance *Premiers soins*, un pouvoir ou un objet de soins.

ACTIONS DANS L'AVENTURE

Tes choix possibles sont indiqués en italique après le sigle —. Ils t'envoient sur d'autres paragraphes de jeu dont le numéro est indiqué en gras (si tu entres dans la grotte, tu vas au paragraphe **46**).

Cette aventure est découpée en paragraphes de description qui se terminent par des choix après le sigle —. Exemple : — *Si tu entres dans la grotte, va au* **46**. *Si tu préfères poursuivre ton chemin, va à l'écran* **G** *et choisit une nouvelle destination. Pour escalader la montagne,* ***le score est de 9 ou plus*** *[Bonus : Adresse + escalade ou survie]. Si tu réussis, va au* **48**.

Si tu veux escalader la montagne, tu dois lancer les dés et faire un score supérieur ou égal à 9. Tu ajoutes ton Adresse à ton score. Si tu disposes de l'atout Escalade ou Survie, tu ajoutes également le niveau de l'atout à ton score. Tu ne peux ajouter qu'un seul atout à ton score. Les bonus sont toujours indiqués entre parenthèses.

Ils peuvent également te mener à des écrans graphiques (si tu poursuis ton chemin, tu vas regarder l'écran **G**). Tous les écrans se trouvent à la fin du livre. Chaque écran représente un décor. Tu y choisiras ta destination d'après les numéros de paragraphes qui te sont proposés.

Attention : tu ne peux pas accéder directement aux numéros en rouge. Tu devras trouver le moyen d'y arriver en passant par les numéros en bleu.

NOTES

QUASAR

Les Manganis

Pierre Alexandre

Christophe Bonneterre

Marie-Anne Bonneterre

Olivier Bonnot

Virginie Bréham

Robert Cepo

Hicham

Olivier Hug

Alexis Nikolavitch

Franck Parcabe

Nicolas Pilartz

Antoine Pinchot

José Xavier

Imprimé en Italie par Rotolito Lombarda
Dépôt légal Editeur : 2474 - mai 1997
20.9617.0/02 - ISBN : 2012096174
Loi n°49-956 du 16 juillet 1949
sur les publications destinées à la jeunesse